Pas d'inquiétude

DU MÊME AUTEUR

La Chambre des parents, *roman, Fayard, 1997 ; Le Livre de Poche nº 31289*

Nico, *roman, Stock, 1999 ; Le Livre de Poche nº 15111*

À présent, *Stock, 2001 ; Le Livre de Poche nº 15426*

Marée noire, *roman, Stock, 2004 ; Le Livre de Poche nº 30363*

J'apprends, *roman, Stock, 2005 ; Le Livre de Poche nº 30824*

L'amour est très surestimé, *Stock, 2007, prix Goncourt de la Nouvelle ; J'ai lu nº 8720*

Avec les garçons, *livre-DVD, avec Fabio Viscogliosi, Alphabet de l'espace, 2009 ; J'ai lu nº 9324*

Une année étrangère, *roman, Stock, 2009 ; J'ai lu nº 9665*

Brigitte Giraud

Pas d'inquiétude

roman

Stock

Couverture Hubert Michel

ISBN 978-2-234-06505-5

À la mémoire du docteur Michel Clavel

Mehdi est tombé malade quand nous avons emménagé dans la nouvelle maison. C'est moi qui avais relevé la boîte aux lettres ce jour-là, c'était un samedi matin. J'avais entre les mains l'enveloppe blanche petit format qui contenait des résultats d'analyses que nous ne saurions pas interpréter et qui allaient changer notre vie. Je marchais sur une planche de bois parce que le passage dans le jardin n'était pas encore fait et que le sol regorgeait d'eau. J'avançais et tentais de conserver l'équilibre. Il avait plu nuit et jour pendant près d'une semaine, la rivière à l'arrière du terrain menaçait de déborder, et je n'avais pu me consacrer, comme je l'avais prévu, à aménager les abords de la maison. Le constructeur nous l'avait livrée à l'état brut et, pour faire des économies, nous avions décidé de nous charger nous-mêmes des finitions. Je reconnais aujourd'hui que nous étions optimistes. Nous étions encore des gens normaux. Nous n'imaginions pas que Mehdi deviendrait notre principale préoccupation et que le terrain n'aurait jamais de clôture, ni même un arbre planté dans le sol. Nous ignorions qu'il faut une foi inébranlable pour poncer, clouer, peindre, monter à l'échelle ou pousser une brouette. Le seul élan qui nous avait traversés avait été de semer du gazon, un après-midi d'éclaircie, alors que tout le monde avait déserté le lotissement, c'était un jour au milieu de la semaine, un de ces moments lisses et effrayants. C'est moi qui avais proposé à Mehdi : Ça te dirait de planter de la pelouse ? Mehdi m'avait regardé sans trop savoir que penser. Nous étions allés chercher les sacs que je stockais depuis quelque temps au garage, nous avions lu le mode d'emploi, et même s'il aurait fallu que je retourne la terre, que je bêche, puis aplanisse pour préparer l'opération, j'avais prétendu qu'on pouvait semer comme ça, à notre façon. J'avais simplement enlevé le gros des mauvaises herbes et passé un coup de râteau, je voulais occuper Mehdi et profiter de l'extérieur, justifier le fait que nous habitions dans une maison. Je voulais qu'enfin le petit terrain nous donne quelque chose, de l'herbe, ce serait déjà bien. J'avais souri en voyant les pieds de Mehdi dans des chaussures de jardin trop grandes. Il avançait pas à pas, le visage concentré, je savais qu'il se fatiguerait vite. Mais le soleil lui faisait du bien et il semblait content de s'appliquer à la tâche. Mehdi était un enfant consciencieux, un peu trop sérieux. Nous avions lu sur le paquet qu'il fallait trente grammes de semence par mètre carré ; Mehdi s'était entêté à respecter cette proportion. Il préparait ses tas à l'avance en se servant de la balance alimentaire que ma femme venait d'acheter, et son empressement rigide me contrariait. Je me disais qu'il n'était pas normal, à son âge, de suivre les consignes au pied de la lettre. Mais il n'était pas normal non plus de ne pas aller à l'école, de vivre en tête à tête avec son père, et d'ignorer s'il aurait le temps de voir le fruit de son travail. J'imaginais qu'une pelouse épaisse et d'un vert vif pousserait bientôt et j'espérais qu'un jour Mehdi y jouerait au foot. Ce jardin, nous en avions rêvé depuis notre appartement de banlieue, avec des arbres, des tomates et des chaises longues pour somnoler à l'ombre après le travail. Nous pensions que la vie se déploierait quand nous serions propriétaires de nos quatre cents mètres carrés. Mehdi avançait droit devant, marquait un mouvement régulier du bras pour disperser ses semences. J'aurais eu envie que ma femme voie cela, Mehdi debout sur ses jambes qui s'appliquait et clignait des yeux à cause du soleil.

Mais il est faux de dire que Mehdi et moi vivions en tête à tête. Nous passions la majeure partie de nos journées ensemble parce que j'avais obtenu de mon médecin un long arrêt maladie pour veiller sur mon garçon, après que nous avions mis à l'épreuve, ma femme et moi, la bonne volonté de nos patrons.

Ma femme s'était d'abord absentée plus que moi, mais comme elle venait d'arriver dans son entreprise, elle avait rapidement atteint la limite. Limite psychologique s'entend. Personne n'avait osé lui signifier (évidemment) que son enfant malade dérangeait le bon déroulement du service. Les réserves ne venaient pas de la direction. Le patron l'avait d'ailleurs reçue un jour après le travail, lui avait même offert un café qu'elle n'avait pas osé refuser (elle avait failli dire que le café, après dix-sept heures, l'empêchait de dormir, mais elle s'était aussitôt reprise), le patron l'avait fait asseoir dans son vaste bureau, lui dans son grand fauteuil et elle sur un siège plus modeste, et s'était enquis de la santé de Mehdi, l'avait questionnée sur le nom de la maladie, le déroulement du traitement, s'était renseigné aussi sur le nombre de ses absences potentielles, ce à quoi ma femme avait répondu par une suite de mensonges, minimisant la situation, oui ma femme avait menti, sans doute parce qu'elle se mentait à elle-même et parce que personne, pas même les médecins, ne pouvait prédire l'évolution du mal. Elle s'était surprise à imaginer, devant son patron, une version des faits heureuse, elle s'était censurée, avait prononcé les mots qu'il attendait qu'elle prononce, ce après quoi le patron l'avait félicitée pour sa combativité, et, en hochant la tête d'un air complice, avait conclu que quoi qu'il arrive, elle pouvait compter sur sa compréhension, phrase qu'elle n'avait su comment interpréter, mais phrase prononcée quand même, avec un sourire franc, puis, commençant de se lever, il lui avait souhaité du courage, ce qui avait été efficace, puisqu'en rentrant ce soir-là ma femme s'était sentie plus forte que d'habitude. Forte parce que, accompagnée, et pas de n'importe qui, une femme comprise de son patron. Elle m'avait juste confié être contrariée car elle avait laissé le gobelet de café vide sur le bureau, elle avait oublié de mettre le gobelet à la poubelle en sortant, et elle s'en mordait les doigts.

Les réserves étaient venues d'on ne sait où. Si ce n'était le patron, restaient les autres, les collègues, les chefs. Que ma femme ait parlé personnellement avec le patron suscitait des jalousies, on s'en doute. Une réflexion avait fusé un matin devant la machine à café, sans qu'elle en soit directement informée (cela prendrait quelques jours) ; l'une des assistantes de gestion avait laissé entendre que, s'il fallait avoir un enfant malade pour avoir rendez-vous avec la direction, elle allait s'arranger pour refiler la varicelle aux siens, ce à quoi une autre fille avait répondu qu'elle n'avait pas été reçue quand son fils s'était cassé la jambe, deux poids, deux mesures, bien que le cas ait été assez grave, fracture ouverte et pose de broches. Chacun se sentait lésé, et ma femme devint bientôt suspecte. Pourtant, elle avait d'abord caché la maladie de Mehdi, il faut dire aussi que nous n'étions pas sûrs au début, personne ne donnait de nom à ses vertiges, à ses soudaines chutes de tension. Le médecin de famille s'était contenté de hausser les sourcils, lorsque, la première fois, commentant le résultat des fameuses analyses de sang, il avait à peine cherché notre regard par-dessus ses lunettes quand il avait prononcé le mot *plaquettes*. Et bien sûr, ma femme et moi nous étions dévisagés, espérant que *plaquettes* ne désignait rien de grave, sans pour autant oser poser la question. Nous gardant bien au contraire de nous faire préciser l'incongruité de l'apparition de ces *plaquettes*, ou plutôt la bizarrerie de leur numération, faisant confiance au médecin, imaginant qu'un médecin sait en toute occasion protéger ses patients, les immuniser contre le mal absolu. Et lors de cette première consultation, Palabaud était resté ambigu, il tordait un peu la bouche, essuyait ses yeux (ou ses lunettes je ne sais plus) comme s'il avait un commencement de chagrin, retournait la feuille tapée à la machine, recto puis verso, en un geste vain, agitait cette feuille dont il n'aimait vraisemblablement pas les conclusions. Il avait prononcé une phrase tout au plus, il avait dit quelque chose comme : Ça nous arrange pas, incluant sa propre personne dans ce *nous* inopiné, laissant donc à penser qu'un élément dans les analyses de Mehdi le contrariait personnellement, signifiant que la santé de Mehdi devenait une affaire collective, qu'il fallait considérer à plusieurs, nous tous ici présents. Le docteur avait l'air dépassé, ou peut-être juste embêté, il venait de comprendre quelque chose dont il ne pouvait nous parler sur le vif, et surtout pas en détail, parce que la salle d'attente était pleine. Il avait demandé à Mehdi de se déshabiller, et vu l'attention avec laquelle il avait parcouru les différentes zones de son corps, vu l'extrême patience dont il avait fait preuve quand il s'était adressé à lui, ses sourires, ses égards appuyés, nous sûmes, ma femme et moi, que Mehdi n'était plus un enfant comme les autres. Je sentais un étau comprimer ma poitrine et je voyais ma femme qui se tassait sur sa chaise. Avant de prendre congé, Palabaud avait rédigé une lettre pour un confrère dans un hôpital en ville et nous avait demandé de prendre un rendez-vous sans tarder. Pas d'inquiétude, ajouta-t-il dans l'embrasure de la porte, mais il faut surveiller, j'ai un doute, je préfère avoir l'avis d'un spécialiste.

Ce fut donc un début en douceur, sans la violence des mots, une auscultation tout en retenue, et en rentrant tournait dans ma tête la dernière phrase prononcée par le médecin. Plus je remâchais ce *pas d'inquiétude*, plus ma gorge se serrait. *Pas d'inquiétude* n'était pas compatible avec *sans tarder*, le médecin se contredisait, et en même temps je me rassurais, non, rien de plus normal, il voulait juste qu'un spécialiste prenne le relais, son sérieux était réconfortant, il valait mieux envisager les choses à temps. Contrairement à ce qu'on pourrait croire, nous avons peu parlé ce soir-là, ma femme et moi. À peine la voiture garée sur la montée de garage (le garage était encore encombré de cartons de déménagement), elle s'était précipitée dans la cuisine pour préparer le repas, plongeant la tête dans le réfrigérateur, dans les placards, disparaissant presque littéralement, se laissant absorber par la confection d'une sauce vinaigrette, faisant couler le robinet à grande eau en lavant la salade, entrechoquant les bouteilles au moment d'attraper le litre d'huile, faisant tomber le pot de moutarde de l'étagère du haut. Puis, s'interdisant de s'asseoir une minute, tournant encore, piétinant devant l'évier, elle avait appelé Lisa pour qu'elle mette la table, Lisa qui ne savait pas ce qui arrivait, ne se doutait pas que le médecin nous avait sommés de ne pas nous inquiéter, donc de passer une nuit blanche, comme peut-être toutes les nuits de notre vie. Pendant ce temps, j'avais accompagné Mehdi dans sa chambre, avais fait comme si de rien n'était, lui avais demandé s'il avait faim (priant pour qu'il dise oui), avais fait mine de m'intéresser à son travail scolaire (espérant qu'il reprendrait l'école les jours suivants), j'avais ouvert la fenêtre de sa chambre pour faire entrer de l'air meilleur (pourquoi pensons-nous que l'air du dehors est plus sain que celui du dedans ?) puis avais tenté de parler avec Mehdi, mais de rien, juste prononcer quelques mots, évoquer l'ordinateur qu'on devait brancher bientôt, des mots complaisants pour lui faire plaisir, des mots vides parce que censés m'apaiser, moi, mais des paroles quand même pour voir une lumière s'allumer dans ses yeux, pour m'assurer que Mehdi était bien vivant, et que le *doute* dont nous avait parlé le médecin n'était que vue de l'esprit, pure fantaisie ou excès de prudence. Après quoi j'avais rejoint ma femme dans la cuisine et épluché les pommes de terre, j'avais demandé comme toujours si j'en épluchais huit ou dix (et comme toujours elle avait dit : Ça dépend si elles sont grosses), j'avais aussi demandé si je pouvais prendre la dernière page du journal d'hier, si elle avait eu le temps de le lire et, ultime étape, j'étais parti à la recherche de l'épluche-légumes, jamais rangé à la même place. Lisa n'était sortie de sa chambre qu'après deux appels, puis avait mis la table en râlant un peu contre mon papier journal sur lequel s'étalaient mes pelures de patates et qui prenait toute la place. Lisa, visiblement peu décidée à nous adresser la parole, sans raison apparente, avait allumé la radio. Dans la cuisine, des missiles tuaient des gens en même temps que les pommes de terre crépitaient dans la poêle. Ce fut la première soirée pas comme les autres. Un convive sans nom s'était invité à notre table, disons que la maladie devint le nouveau membre de notre famille.

Au début, donc, ma femme ne pouvait déclarer au travail que la santé de son fils allait la maintenir quelque temps à la maison. Elle retenait son souffle mais n'annonçait rien. Elle se débrouilla, à la deuxième prise de sang, pour emmener Mehdi tôt le matin, ce qui tombait bien puisqu'il devait être à jeun. Le plus compliqué fut de le ramener à la maison avant de partir travailler, alors qu'elle avait pensé le déposer au collège directement. L'aiguille dans le bras de Mehdi était restée plantée trop longtemps et il avait eu un malaise, obligeant l'infirmière du labo à l'allonger quelques minutes à même le sol. Il s'était mis à transpirer d'un coup et le sang s'était retiré de son visage, lui donnant l'apparence d'un être évanoui pour toujours, provoquant des nœuds dans la gorge de ma femme et des ratés dans sa trachée-artère. Mais l'infirmière avait mis des claques à Mehdi au bon moment et proposé un renfort de glucose qui avait rétabli le bon rapport chimique dans ses veines. Mehdi s'était levé en se tenant au mur, puis avait fini par s'asseoir à l'avant de la voiture (privilège quand sa sœur n'était pas là). Il avait ensuite déclaré qu'il se sentait trop faible pour aller à l'école (ma femme s'était demandé s'il n'en profitait pas, mais comment savoir ?) et était resté silencieux jusqu'au retour à la maison. Entre-temps, des bouchons s'étaient formés à la sortie de l'agglomération, à la hauteur du nouveau rond-point, et ma femme regardait l'horloge du tableau de bord, calculant que, si elle accélérait un peu dans la grande ligne droite avant le pont, elle pourrait déposer Mehdi puis arriver au bureau pile à l'heure. Elle cumulait alors toutes les tensions, celle provoquée par le malaise de Mehdi, l'inquiétude et la culpabilité de le laisser toute la matinée seul à la maison et la peur d'arriver en retard alors qu'elle était encore en contrat à durée déterminée. Agrippée au volant de la voiture, elle ne savait pas démêler cet écheveau d'états contradictoires, elle était concentrée sur la circulation, parfaitement attentive aux modulations du trafic, jetant toutes les vingt secondes un œil sur le profil silencieux de Mehdi, et luttant contre ce qui montait en elle de façon de plus en plus évidente : elle commençait à en vouloir à Mehdi.

Elle essaya de ne pas le brusquer quand elle l'aida à descendre de la voiture, aussi elle se reprit pour garder son calme quand il lui confia, au moment où elle ouvrait la portière, qu'il ne voulait pas rester à la maison. Elle le raisonna en le tenant par l'épaule, elle lui dit le contraire de ce qu'elle aurait préféré lui dire, lui rappela qu'il avait déjà onze ans, qu'il pouvait tout à fait rester seul, pour peu qu'il n'ouvre à personne et ne fasse pas l'imbécile. Mais elle se sentait indigne, elle savait parfaitement qu'il lui fallait se débarrasser de son fils dans l'instant pour arriver à l'heure au travail. Comment était-ce possible d'être prise dans un tel piège ? Elle ne pouvait s'adresser à un voisin (elle ne connaissait encore personne dans le lotissement) ni appeler sa sœur (qui habitait trop loin pour arriver à temps). Et Lisa ne pouvait accourir depuis le lycée. Elle crut un instant qu'elle allait renoncer, qu'elle allait trouver la force de téléphoner au bureau, mais elle hésita, ne sut comment elle pourrait formuler les raisons de son absence sans apparaître comme une femme désinvolte qui, à peine embauchée, fait passer ses droits avant ses devoirs. N'avait-elle pas, au moment de son recrutement, affirmé que ses enfants étaient autonomes ? Elle s'était même entendue déclarer, alors que personne ne le lui demandait, qu'elle n'envisageait pas de nouvelle grossesse. Ma femme est du genre parfait, d'une moralité sans faille, qui devance le désir de son prochain. On s'en rend compte à la façon dont elle s'habille, jamais trop voyant ni trop court, couleurs toujours assorties, une élégance sobre. Quand Mehdi était allongé par terre au labo, avec l'infirmière qui tentait de le faire revenir à lui, je suis sûr que ma femme veillait, elle aussi accroupie, à ne pas froisser sa jupe, je l'imagine parfaitement dans une position compliquée pour concilier esthétique et efficacité. Oui, c'est cela, je crois que ma femme est un être pratique, qui ne s'embarrasse pas de chichis ; elle tend vers un seul but : servir les autres et donc donner une haute image de soi. Le sens du devoir l'étouffe, et là, près de Mehdi, elle se ronge les sangs face à deux devoirs contradictoires, ne pas décevoir son patron ou ne pas négliger son fils. Confrontée à un choix impossible, elle perd l'essentiel, la raison pour laquelle elle a fait un enfant, elle va se plier devant le désir du plus autoritaire : qui va l'emporter, son patron ou son fils ? Qui va la faire agir ? Le rouge à lèvres est peut-être de trop, mais non, c'est pour respecter l'autre, ne pas qu'il ait en face une personne mal arrangée, le brushing et les talons hauts, c'est un peu pareil, c'est donner à l'autre le spectacle qu'il mérite. Ma femme est impeccable, extérieur comme intérieur, parfois ça paralyse. Je me souviens du jour où elle s'est présentée pour son entretien d'embauche, cela m'avait effaré. Le sérieux avec lequel elle avait envisagé la chose, son manque d'humour aussi. Elle avait hésité longtemps pour les chaussures et ne m'avait pas permis de donner mon avis. Si j'avais osé le moindre commentaire, elle n'aurait pas supporté. Quand ma femme doute, elle devient tranchante, elle se surprend à formuler des répliques qui dépassent sa pensée. Je n'osais pas lui dire que, franchement, tout ce tralala pour expédier des rouleaux de tissu à des pays arabes. Je me retenais et c'est tant mieux, parce que son poste n'est pas qu'une histoire de rouleaux de tissu, mais, si j'ai bien compris, une affaire de commerce international, ce qui n'est pas tout à fait la même chose. Pour la première fois, elle accédait aux bureaux, et quand on sait le temps qu'il faut pour se sortir de l'usine, on peut imaginer pourquoi je me suis tu. Et puis, c'est elle qui décrochait un poste de secrétaire, pas moi.

Le spécialiste nous a reçus dans un bureau très sombre au rez-de-chaussée de l'hôpital, après que nous avons patienté près d'une heure dans une petite pièce en compagnie de personnes immobiles, qui gardaient sur leurs genoux de grandes enveloppes blanches contenant leurs radios. Mehdi était le seul enfant. J'avais demandé à changer de brigade ce jour-là, espérant que le rendez-vous ne dépasserait pas la fin de la matinée. Ma femme avait posé une journée de congé. Sans doute avait-elle eu ce pressentiment selon lequel il n'est rien possible de faire après ce genre de consultation. Nous nous sommes assis en silence après avoir serré la main d'un médecin d'une quarantaine d'années aux yeux particulièrement cernés. Une lampe diffusait une lumière pâle sur les lieux, très encombrés de dossiers et de livres. Il s'est adressé à Mehdi, directement, pour ainsi dire d'homme à homme, lui a demandé comment il se sentait, depuis quand il éprouvait cette sensation de fatigue, puis il lui a dit, sans détour, que cela était logique parce qu'il se passait, dans son sang, quelque chose d'anormal, qu'on allait tenter de réparer. Sans faire de pause, il a expliqué à Mehdi les composantes du sang, en traçant sur un papier quelques figures assez psychédéliques, qui eurent le mérite de nous enseigner aussi, à ma femme et moi, ce que, pour être honnêtes, nous ignorions, les globules dans le détail, les plaquettes justement, les proportions, les millions, et des choses sur le dysfonctionnement de toute cette machine. Il a également dit à Mehdi qu'il n'y était pour rien, qu'il n'était pas responsable, ce n'était pas la conséquence d'avoir mal mangé, ou pas fait de sport, ou désobéi à ses parents, non, c'était la nature qui, par moments, se trompait, cela était très rare (était-ce bien utile qu'il le précise ?), les médecins avaient l'habitude et allaient tenter de contraindre la nature à redevenir raisonnable. Ma femme et moi regardions Mehdi sans oser intervenir, nous demandant ce qu'il pouvait bien retenir de ces paroles presque amusantes. Saisissait-il la gravité de la situation alors qu'aucun mot alarmant n'avait été prononcé ? Et comme ces mots n'avaient pas résonné dans le bureau du médecin, nous étions en droit d'imaginer ce qui nous arrangeait. Personne n'osait demander ce qui se passerait si la nature continuait de faire la mauvaise fille. Le spécialiste n'avait pas été très clair, il avait bien parlé de *tenter*. Je commençais à comprendre ce que nous disait le médecin, je commençais à traduire mentalement ses propos, chacune de ses phrases se changeait dans ma tête en une version pour adulte, nettement moins ludique, et le scénario que je redoutais, celui que je n'avais osé envisager, se révélait à l'instant, nous n'étions plus dans l'avant, dans la supposition, dans l'espoir que le médecin de famille se soit emballé un peu vite, non, nous n'étions plus dans la conjuration d'une hypothèse qui ne se réaliserait pas, nous étions assis sur des chaises rembourrées avec des accoudoirs et notre monde basculait. Ça faisait une différence, ça créait un mur, un avant et un après. Le spécialiste, toujours en souriant, demanda si nous avions des questions, mais devant Mehdi, nous passâmes notre tour. Il poursuivit et aborda le volet du traitement, donnant là encore à Mehdi une version édulcorée des événements à venir. Mehdi buvait chacune des paroles du médecin, devinant qu'il deviendrait l'homme central de son existence, celui par qui tout arriverait. Ma femme et moi demeurions sans bouger, nous comportant comme si nous venions de nous vider de notre substance, assommés, deux scarabées sur le dos. Je ne comprenais pas que nous restions inertes et pourtant je n'étais capable d'aucun geste, j'aurais voulu que Mehdi s'agite sur sa chaise, j'aurais voulu qu'il se bouche les oreilles ou même qu'il se sauve. J'aurais préféré du remue-ménage dans le bureau, au lieu de quoi nous attendions sagement la suite. Le spécialiste dit qu'il faudrait hospitaliser notre garçon dès que possible, pour mettre toutes les chances de notre côté. Puis il assura Mehdi qu'il se sentirait bien dans le service et qu'il y rencontrerait d'autres enfants. Mehdi semblait conciliant, juste un peu étonné que son état (somme toute pas alarmant si l'on considérait qu'il marchait, qu'il mangeait et qu'il dormait presque normalement) nécessite qu'il entre si vite à l'hôpital.

Je ne perdais pas de vue que l'heure tournait et qu'il me faudrait me rendre au travail bientôt, et je m'en voulus d'être traversé par cette pensée, oui, je me trouvai minable de penser à mon boulot, aux kilomètres à parcourir, à l'équipe qu'il faudrait rejoindre pour la brigade de treize heures. Le spécialiste se leva et demanda à Mehdi de regagner la salle d'attente, il voulait s'entretenir avec ses parents, c'est-à-dire nous.

Nous nous levâmes aussi, ma femme et moi, et c'est debout dans le bureau sombre, les bras ballants, que le spécialiste, qui se nomme le docteur Clavel, nous dit d'une voix très douce ce que nous ne voulions pas entendre. Il fallait faire confiance à son équipe, très performante, ils feraient leur possible, et c'est à ce moment que ma femme s'est affalée par terre, sans prévenir, disparaissant d'un coup, nous laissant, le docteur Clavel et moi, dans un étrange face-à-face. Nous dûmes veiller à ce qu'elle revienne à elle, nous l'installâmes sur l'une des chaises à accoudoirs, et ensuite, au lieu de nous soucier du sort de Mehdi, nous avons dévié la conversation, disons que nous avons même zappé, préférant tapoter les joues pâles de ma femme, chercher son regard et son pouls, plutôt qu'évoquer une impossible réalité. Nous nous en sommes tenus à la défaillance de ma femme, qui nous sauvait provisoirement, faisait diversion à un moment où ne restait plus qu'une question à poser, *la* question. Heureusement, ma femme nous avait coupé l'herbe sous le pied. Au final, quand nous sommes sortis de l'hôpital, nous étions parfaitement vivants et alertes tous les trois. Nous marchions d'un pas presque sûr dans le grand couloir central, comme pour échapper à l'emprise du diagnostic, et quand nous avons débouché sur la petite place gorgée de soleil, nous avions l'impression d'émerger du fond des océans. Je proposai que nous mangions en terrasse pour profiter du beau temps. Nous avons eu une pensée pour Lisa, qui restait à la cantine, et nous nous sommes sentis vaguement coupables. C'est au moment où je commandai une bavette à l'échalote (je voulais montrer que je ne me laisserais abattre) que je décidai de ne pas aller travailler de la journée. Non, il y avait mieux à faire, nous allions déjeuner au soleil aujourd'hui, pourquoi on n'avait jamais fait ça avant ?

La conversation ne venait pas, ma femme hésita longtemps avant de choisir une salade composée et Mehdi, dont on n'avait presque pas entendu la voix depuis le départ en voiture ce matin-là, commanda une saucisse-frites. Je resterais aux côtés de Mehdi toute la journée, et en même temps j'eus peur que cette décision l'effraie. Mehdi ne m'avait encore jamais vu manquer le travail, ni pour les maux de ventre de Lisa l'an dernier au moment où elle passait le brevet ni pour la mort de mon père qui était tombée, il faut bien le dire, pendant les vacances d'été. En voulant montrer à Mehdi qu'il devenait ma priorité absolue, je lui révélais sans doute la gravité de son état. Nous étions tous trois réduits à interpréter le moindre signe, à avancer à tâtons dans une sorte de labyrinthe plein de chausse-trapes, étant donné que personne n'exprimait ce qu'il ressentait, personne ne se lançait dans le moindre commentaire de la scène irréelle que nous venions de vivre. J'étais seulement capable de dire que nous avions presque trop chaud sous ce parasol. J'ignorais comment ne pas faire semblant, on aurait pu croire que nous déjeunions avant d'aller au cirque, une famille ordinaire, profitant des petits plaisirs du centre-ville, mais en regardant bien, il n'y avait pas de familles autour de nous, juste des collègues de travail qui partageaient un plat du jour au moment de la pause et paieraient en chèques-déjeuner, non il n'y avait pas de parents avec leur enfant, attablés au restaurant en plein milieu de la semaine, ça n'existait pas. À moins de circonstances exceptionnelles. Et là, quelque chose d'exceptionnel était arrivé, dont nous ne pouvions prendre la mesure, parce que rien ne se voyait, pour l'instant, personne autour de nous n'aurait pu penser que cet enfant qui mangeait ses frites (ou plutôt chipotait avec ses frites) avait dans son corps une petite mécanique de destruction qui peut-être finirait par le tuer. Non, nous étions loin de percevoir cela, nous avions pourtant bien entendu les paroles du docteur, mais en regardant les avant-bras de Mehdi, en scrutant les veines qui couraient sous sa peau, à quelques centimètres de moi, je ne pouvais admettre qu'une substance ennemie œuvrait en silence et l'emmenait vers une destinée inconnue. Non, je ne pouvais adhérer à une thèse aussi fantaisiste, comment croire quelque chose qui ne se voyait pas ? Là, ma femme laissa tomber une feuille de salade sur sa robe, poussa un petit cri, et la sauce fit une grosse tache sur le tissu orange. Ma femme se mit alors à sangloter, sans rien faire à part ramasser la feuille de salade et la remettre dans son assiette. Je me contentai de lui attraper le bras en risquant trois mots : Ça va chérie ?, question imbécile que je posai plusieurs fois. Ce fut Mehdi qui réagit le premier, imbiba d'eau une serviette et frictionna énergiquement la robe tachée. Puis Mehdi consola sa mère, sans pour autant se montrer trop affectueux. C'est pas grave, maman, il répétait, c'est pas grave. Il était temps de bouger. Nous avons quitté le restaurant sans commander de dessert et il nous fallut un temps infini avant de retrouver la voiture dans le parking souterrain.

J'avais en tête, depuis un moment, d'appeler mon travail, c'est-à-dire appeler José, le contremaître de la plateforme 8. Mais avant de lui signifier mon absence (qui le mettrait dans une sacrée panade, étant donné que Dubecq s'était coincé le dos en début de semaine) j'ai préféré appeler Manu. J'avais besoin d'entendre une voix amie. Le taf était commencé et, en général, on ne décroche pas les téléphones portables pendant le trafic, mais je tentai quand même, je savais que Manu s'arrangerait. Je lui ai fait un bref résumé de la situation et nous sommes restés en ligne après, gênés l'un et l'autre, on ne savait trop que dire, Manu a deux enfants, et évidemment, une nouvelle comme ça, ça jette un froid. C'est moi qui ai fini par dire : T'inquiète pas va, alors qu'en toute logique c'était à lui de prononcer cette phrase. Mais non c'est bien moi qui ai dit à Manu de pas s'inquiéter, de pas s'inquiéter pour moi, je tiendrais bon. Après j'ai eu José, il entendait mal à cause du bruit des rotatives, et du coup il parlait fort. Ce que j'avais à dire ne s'énonçait pas à voix haute, encore moins en criant, mais là j'ai été obligé de répéter sans savoir si José comprenait vraiment. J'ai pensé que le téléphone portable n'était pas une bonne chose, sûrement pas pour annoncer une nouvelle pareille, non j'aurais dû passer à l'imprimerie voir les collègues, j'avais besoin de les avoir en face. Quand José a pris la mesure de ce que j'énonçais, il a sifflé un coup comme si je venais d'accomplir un exploit, et je sentais que j'étais en train de devenir quelqu'un. Moi le gars le plus discret de la brigade, celui qui fait ses heures sans trop la ramener, je devenais soudain moins transparent. Et je sentais monter le respect que José me vouerait bientôt. Mon statut changeait.

J'en eus la confirmation le lendemain quand je repris mon poste. J'avais l'équipe près de moi au vestiaire, presque tous pères de famille, sauf les jeunes, Ziha et Nouredine, et aussi Alain qui vivait éternellement seul. José leur avait parlé, ce qui me fit un drôle d'effet, ce qui me contraria en fait, j'aurais préféré m'en occuper moi-même. Mais j'imaginais que, grâce à cet événement, José sortait lui aussi un peu de sa routine. C'est vrai que depuis le suicide de Rico l'été précédent il ne se passait pas grand-chose dans notre petite communauté, à part les quelques jours de grève de février, grève pour rien, qui avait brisé notre élan mais renforcé la bonne entente du groupe. Là ce matin au vestiaire, je sentais que les gars se posaient des questions sans rien oser me demander. En tout cas, je les sentais présents. Manu était là, avec qui j'avais parlé la veille longuement au téléphone, mais sur le fixe cette fois, chacun dans sa maison. On avait parlé de nos enfants, les frayeurs qu'ils nous font, l'appendicite de son aînée, l'arrivée en trombe aux urgences à onze heures du soir, puis ouf, la façon dont les choses étaient rentrées dans l'ordre, l'affolement pour rien, il avait eu besoin, ce soir-là au téléphone, de revenir sur ses peurs à lui. C'est la règle toujours, quand on raconte une histoire, les gens vous parlent d'eux dans l'instant, ils n'écoutent que pour vous parler d'eux, ils tentent de vous égaler, de vous surpasser même, c'est une façon sans doute de prouver qu'ils peuvent partager parce qu'ils sont aussi passés par là. Manu laissait supposer qu'il pouvait comprendre, il avait eu peur un jour que sa fille meure, il avait paniqué au point de faire n'importe quoi, de foncer aux urgences sans même fermer la porte de chez lui. Manu savait, sa proximité me faisait du bien et me dérangeait à la fois, parce que nous n'avions pas l'habitude de parler de nous, de nous risquer sur ce terrain intime. Qu'il me dise : Tu n'hésites pas surtout, m'était à moitié agréable, parce que, dans mon désarroi, je voyais qu'il cherchait un rôle nouveau, celui de l'ami indispensable, qui approche le danger, sent les flammes chauffer mais pas brûler. Et moi, je commençais à me détester d'avoir une histoire pareille à raconter. Mais cette histoire c'était la mienne, mon histoire. Ma vie devenait soudain spectaculaire, et moi je serais bientôt un héros.

Les collègues dans le vestiaire portaient peut-être déjà sur moi ce regard-là, sans le savoir. J'étais celui d'entre eux qui allait faire l'expérience du grand frisson, c'était tombé sur moi, l'un des types de la plateforme 8. C'était mon tour, après que Rico avait sauté dans le vide, après qu'un matin, un appel de sa femme était arrivé direct chez le patron, puis que José avait débarqué penaud au moment du changement de brigade, retenant un instant l'équipe du matin et immobilisant celle du soir. Je me souviens de la figure de José, plus creusée que jamais dans sa blouse gris foncé, carrément patraque sur ce coup, nous disant, là debout sous la verrière, dans le passage qu'empruntent tous les hommes, ceux qui ont fini, ceux qui commencent, nous disant qu'on ne verrait plus Rico, qu'il avait sauté du sixième étage à l'aube, qu'on ne savait pas encore pourquoi, il avait laissé une lettre à ce qu'il paraît. Je revois José scrutant les lieux, levant la tête vers la lumière qui filtrait depuis le haut de la verrière, comme s'il cherchait, accrochées dans l'air, les raisons du suicide de Rico, José nous demandant si on avait une petite idée, si on avait repéré quelque chose qui tournait pas rond, un souci qui expliquerait, une déprime, et chacun hochant la tête, chacun fronçant les sourcils jusqu'à ce qu'une voix s'élève et demande si, exceptionnellement, on ne pourrait pas fumer dedans, et chacun (presque tous) avait sorti une cigarette et pris le temps d'avaler copieusement la fumée, comme un hommage muet rendu au copain qui nous quittait. Ce jour-là, je faisais partie de l'équipe qui commençait, et mes bras s'étaient mis à peser un poids de mort, mon dos à faire mal dès la première heure. J'avais retrouvé Manu de l'autre côté des rotatives, et nous étions restés longtemps, vidés, adossés aux chariots, à tenter de comprendre comment on peut se tuer quand on a des gosses. Nous étions peu bavards, une phrase brève nous traversait de temps en temps, qui disait notre stupeur, nous savions tous que Rico avait des problèmes avec sa femme, qu'elle partait puis revenait, mais de là à vouloir mourir on n'y croyait pas.

Et cette fois, c'était mon tour d'être rattrapé, je sentais bien, dans le vestiaire, un truc étrange qui flottait dans l'air, et cette chose c'était le silence je crois, comme une gêne partagée, chacun se retenant de me demander comment ça allait, et moi je ne pouvais plus répondre parce que désormais, non, rien n'irait plus, alors que faire ? C'était le piège, aucun langage ne convenait. Donc ce premier jour dans le vestiaire, les gars traînaient, tournaient un peu en rond, pas pressés d'aller au taf, auraient voulu me dire quelque chose mais ne savaient par quel bout me prendre. Ça hésitait, ça sonnait bizarre, il n'y avait pas, comme d'habitude, des vannes qui fusaient, Alain ne mettait pas une heure à décoincer la fermeture Éclair de son bleu en poussant des cris, et Nouredine ne se plaignait pas exagérément de sa nuit trop courte et agitée, nous assommant d'allusions assez explicites. Alors c'est moi qui ai parlé, de toute façon on devait être sur les rotatives dans cinq minutes. C'est moi qui ai dit que voilà, mon garçon, j'ai improvisé, tâtonné, j'ai dit qu'on ne savait pas trop, enfin qu'on espérait et que je risquais d'être absent de temps en temps. Je ne me suis pas étendu, je n'avais pas envie de donner des détails, c'était quand même la vie privée de Mehdi. J'ai juste enchaîné comme ça à la suite : On va se battre, et en même temps que je prononçais ces mots j'en mesurais l'absurdité, je me disais qu'il n'y avait rien à accomplir de particulier, la maladie n'avait pas de visage, pas de consistance, il suffisait simplement d'être là et faire ce qu'on nous dirait. Mais il est commun de penser que contre la maladie on se bat. Et puis, nous les hommes, depuis que nous sommes nés, on nous demande de nous battre. Et comme là, précisément, j'étais en train de me changer en héros sous les yeux de mes collègues, même si pour l'instant le héros avait la voix qui tremble, je devais être celui qui se bat, celui qui en a. Sous le regard des autres, je n'avais pas le choix.

Les journées qui suivirent le diagnostic furent les plus compliquées à vivre parce que nous étions pris dans une contradiction totale : d'un côté nous aurions voulu oublier la réalité et, de l'autre, il nous fallait annoncer la chose à un grand nombre de personnes, plus ou moins attentives, plus ou moins proches, c'est-à-dire la raconter, trouver le bon rythme, les formules adéquates, et adapter notre discours selon l'interlocuteur. Le plus pénible était les témoignages des autres, non pas ceux qui étaient passés par là, mais ceux qui connaissaient quelqu'un dont la belle-sœur avait un enfant qui. C'était le cas du proviseur du collège, M. Balisto, qui nous reçut, ma femme et moi, au retour de sa semaine de stage pédagogique, dans son bureau (encore un, nous devenions les spécialistes des bureaux), au premier étage de l'établissement, avec vue imprenable sur la cour de récréation, tellement saturé d'étagères qu'il dévorait notre hôte et nous semblerait bientôt irrespirable. Nous avons pris place et avons compris dans la minute que M. Balisto ne pourrait rien pour nous. Il ne semblait pas connaître personnellement Mehdi (qui ne s'était jamais fait remarquer par aucun acte brillant ni aucune conduite perturbante) mais voulut nous faire croire le contraire, soulignant que notre fils n'avait pas l'air en forme ces derniers temps. En effet, Mehdi s'était fait conduire deux fois à l'infirmerie, mais l'infirmière n'était dans l'établissement que deux demi-journées par semaine et il n'était pas tombé le bon jour. C'était la conseillère principale d'éducation qui nous avait téléphoné afin que nous venions le chercher, le collège ne pouvait ni le garder ni lui administrer aucun médicament (c'était écrit dans le règlement). M. Balisto, après avoir évalué la gravité de la situation, prit un air désolé (il l'était sincèrement) et voulut nous être secourable. Il bougea beaucoup ses mains sur le bureau puis finit par triturer un trombone. Il nous révéla le cas similaire d'un élève, il y avait deux ans, un certain Ludovic Diaz, dont le traitement s'était avéré long et contraignant. Un bon garçon d'après le proviseur, et des parents au top, très courageux, oui des gens très bien. Et comme le proviseur ne nous en disait pas plus sur le jeune Ludovic, et que nous évitions la question fatidique, nous enchaînâmes sur des considérations strictement scolaires, les absences, le programme, mais nous étions à quelques semaines des vacances d'été; le collège pourrait se charger de photocopier certains cours, le proviseur y veillerait personnellement, il avertirait également le professeur principal, oui il se chargerait des démarches. Alors que nous commencions à remercier, le téléphone sonna, le proviseur s'entretint un moment avec l'intendance qui avait, visiblement, un souci de boulettes de viande à la cantine, puis il raccrocha. Il fit le début d'une phrase à notre adresse, et le téléphone sonna à nouveau. Le proviseur s'excusa mais décrocha quand même. Là il se leva, agita sa main libre, agacé, et comme le téléphone avait un fil, il ne put s'échapper, il nous tourna le dos et en profita pour jeter un œil dans la cour, c'était manifestement un appel personnel, je pariais pour sa femme, une histoire de carte grise. Le proviseur s'installa à nouveau face à nous, fit mine de chercher de quoi nous nous entretenions et émergea d'un coup. Ah oui, Mehdi. Il voulut nous être utile, insista pour se mettre à notre disposition, puis nous demanda si nous pensions inscrire notre fils à la rentrée prochaine et se rendit compte aussitôt de sa maladresse. Ensuite, pour faire diversion, le proviseur voulut savoir si nous avions d'autres enfants. Nous retrouvâmes le sourire en parlant de Lisa, qui terminait sa seconde au lycée, celui nouvellement construit à l'entrée de ville, et dans lequel justement la femme du proviseur enseignait l'allemand, Mme Zorn, Zorn-Balisto, et il sembla se réjouir que notre fille soit son élève, comme le monde est petit. Le proviseur ne demanda pas d'autres détails sur la santé de Mehdi, peut-être par pudeur, ni sur Mehdi lui-même, il se rappelait qu'il était parti en séjour découverte à l'automne avec sa classe, mais il ignorait qu'il avait aimé ce voyage et en avait gardé une amitié très forte avec Antoine Loiseau, il ne savait pas qu'il était dispensé de piscine depuis le début de l'année parce qu'il avait une phobie de l'eau. Après tout c'était normal, un principal de collège ne peut pas connaître tous les enfants, tout au plus s'attache-t-il à une ou deux fortes têtes, ceux qui sont régulièrement envoyés dans son bureau et avec qui il débat sans doute de sujets impossibles comme le respect, la discipline, la loyauté, les grands mots qu'on tente de redéfinir quand ça coince.

Nous n'avions pas prévu de vacances cet été-là parce que nous devions aménager la maison. Intérieur, extérieur, clôture, peintures... Nous avions inscrit les enfants en colonie en juillet, Mehdi devait partir deux semaines à la montagne et Lisa faire un camp à l'océan. Nous avons dû annuler le séjour de Mehdi, après avoir attendu la dernière limite et pris par téléphone l'avis du docteur Clavel. Il fut formel, un brin moralisateur. Je n'ai pas aimé, dans sa voix, la possibilité d'un soupçon. Cela commençait mal, je ne voulais pas que le docteur doute de notre maturité. Quelques jours plus tard, Mehdi entrait à l'hôpital, nous étions au plus clair de juin et nous allions démontrer à Clavel que nous étions des gens responsables. Quand nous sommes arrivés avec Mehdi, nous nous sommes entretenus brièvement au rez-de-chaussée dans le bureau du docteur, qui nous a décrit de façon technique le protocole de soins. Il a pris un papier et refait un dessin à l'attention de Mehdi, mais il savait que ce dessin nous aidait nous aussi à comprendre, que les flèches et les cercles qu'il traçait nous étaient indispensables pour que se fixe un objet entre lui et nous, comme s'il extrayait la maladie du corps de Mehdi, la mettait sur la table et que nous tournions autour, l'observions, la disséquions, la bombardions déjà de substances hostiles. Clavel nous offrait avec cette miniature la mise en scène du traitement, dont la maquette et les protagonistes de papier nous effrayaient moins que la réalité de la chambre, le lit à roulettes et la perfusion suspendue. L'assistante de Clavel, une jeune femme avec un turban et des bracelets sonores, nous avait demandé quelques jours plus tôt si nous souhaitions pour Mehdi une chambre individuelle. Nous n'avions su que dire sur le coup, réservant notre réponse. Comment savoir ce qu'on choisit dans un tel cas ? Mehdi n'avait pas d'avis. Ma femme insistait pour qu'il soit avec un autre enfant, elle trouvait cela plus gai. Elle semblait imaginer la chambre de Mehdi comme celle d'un centre de loisirs, dans laquelle il pourrait disposer ses affaires, dans laquelle il pourrait vivre, autant dire habiter, la chambre de Mehdi avec un *petit copain*, comme elle répétait. Et ce mot *copain* me faisait horreur, un *petit copain*, avait-elle perdu la tête ? La violence des faits la portait à réagir d'une façon étrange, quasiment burlesque, ma femme, d'ordinaire si raisonnable, se mettait à développer un optimisme forcené. Je sentais monter en moi une irrésistible envie de la faire taire, je n'étais pas loin de dire quelque chose de cynique. Mais je me retins parce que la vérité était que nous nous débattions dans une situation qui nous dépassait, que nous étions contraints de nous jauger à propos de détails, puisque l'essentiel nous échappait. Il ne nous restait, pour échanger, pour réfléchir, pour nous parler, pour demeurer une famille, que quelques os à ronger assez secs, des questions d'intendance, de transports, de prise en charge par la mutuelle, des questions purement pratiques, celles qui masquent toutes les réalités. Là c'était typique, cette histoire de chambre et de copain, nous étions, dès les premières semaines, tombés dans tous les pièges.

Nous avions vu le docteur Clavel pendant vingt minutes, et ces minutes furent précieuses puisque nous en étions ressortis rassurés, traversés par une énergie nouvelle. Ensuite, une infirmière nous avait pris en charge, accompagnés jusqu'à la chambre 222, tout au bout du deuxième étage, loin de l'ascenseur, loin des escaliers, loin de la machine à café. Nous avancions tous les trois dans le couloir, derrière l'infirmière qui se retournait par moments en nous adressant un petit signe censé nous apaiser, femme ronde et vive, dont la voix me revient souvent aujourd'hui. Nous ne savions pas encore qu'elle serait la personne la plus proche de Mehdi à l'hôpital, celle qui tisserait avec lui un lien si fort qu'il la réclamerait à chaque retour à la maison. Nous avancions derrière l'infirmière dont la tresse rousse descendait le long du dos, et nous nous laissions guider, nos bras chargés des affaires de Mehdi, tristes mais confiants, inquiets mais finalement assez intrigués. Enfin je parle pour moi, je dois avouer que j'étais parcouru par un étrange mélange d'appréhension et de curiosité, alors que j'aurais dû être abattu, je m'en voulais, mais c'était la vérité, le monde de l'hôpital me tenait en haleine. À peine posé le sac sur le lit que ma femme se félicitait de cet environnement si lumineux, et de la vue qui donnait sur un jardin, insistant auprès de l'infirmière qui l'écoutait avec indulgence. Puis, quand elle croisa le regard du *petit copain* qui se reposait dans la chambre, elle changea de ton et prit la mesure de ce que nous étions en train de vivre. Là elle se figea et donc s'agita, chercha un geste à accomplir, un endroit où se mettre, elle commença à ranger les affaires de Mehdi et c'est comme si elle s'extrayait de la situation, elle pouvait à nouveau brasser un peu d'air, empiler, ordonner, décider de la place de chaque objet, pendre le peignoir de Mehdi à la patère prévue à côté de la douche, disposer sa brosse à dents sur la tablette au-dessus du lavabo, elle pouvait traiter le contenu du sac de Mehdi, mettre ici les bandes dessinées, là le pyjama. Puis le sac fut vide et ma femme demanda si on pouvait ouvrir la fenêtre. Non, on ne pouvait pas, l'infirmière, qui aidait le petit garçon à descendre du lit, lui expliqua que seul le vasistas fonctionnait, pour des raisons de sécurité. Mehdi semblait ignorer cette conversation, il attendait près de moi qu'on lui dise quoi faire ; il n'avait pas parlé depuis notre passage dans le bureau de Clavel, où, répondant au docteur qui lui demandait si tout allait bien, il avait dit qu'il n'avait pas peur, ce qui signifiait sans doute le contraire. Il fallait qu'on passe à l'action. Je priais pour que l'infirmière prenne les choses en main, vite, vite, ça ne pouvait plus durer. Nous ne parvenions pas, Mehdi et moi, à trouver des stratagèmes comme ma femme, qui s'informait à présent du fonctionnement de la douche, qui ouvrait le tiroir de la table de nuit, et qui avait fini par demander au *petit copain* comment il s'appelait. Heureusement l'infirmière nous cueillit in extremis et enchaîna : consignes, informations, plaisanteries, rien n'échappait à son discours. Elle s'adressa à nous normalement, sans nous prendre pour des imbéciles ni nous brusquer. J'aimais son ton d'emblée (le ton de quelqu'un qui sait) et sa façon de capter l'attention de Mehdi, de le rassurer sans s'attendrir. Elle lui annonça le déroulement des opérations, point par point, avec des mots simples. Puis elle ajouta qu'elle serait tout le temps là et qu'elle s'appelait Vera.

Nous avons ensuite traîné dans les couloirs avec Mehdi que nous avions du mal à quitter. Mais Lisa nous attendait, nous ne pouvions demander à Lisa qu'elle se passe de nous une fois encore ; ces derniers temps, nous l'avions délaissée sans qu'elle s'en plaigne jamais. Malgré nous, notre famille se déséquilibrait, nous étions happés par une vague puissante, nous devenions inaccessibles et parfois même indifférents. Ma femme donnait le change, faisait mine de s'intéresser à d'autres choses, elle avait ce talent de continuer à se préoccuper du menu des repas, de prendre la voiture le dimanche matin pour aller au marché et rapporter des fruits, et aussi des fleurs pour mettre sur la table du salon, mais moi j'avoue que rien ne parvenait à m'ôter de la tête les questions qui tournaient en boucle et me monopolisaient nuit et jour. Rien, pas même les balades à vélo que je faisais sur les petites routes de la campagne alentour, pédalant dans un paysage aux courbes apaisantes et grimpant des côtes en suant sous le soleil de ce début d'été.

Nous nous sommes installés dans la salle de détente au bout du couloir, il faisait encore jour mais le ciel se couvrait d'un coup. Je voulais dire quelque chose à Mehdi, une phrase spéciale, que je prononcerais pour la première fois, et ça ne venait pas, j'aurais voulu le serrer contre moi mais je ne voulais pas trop en faire, alors je n'ai rien fait, j'ai feuilleté un magazine, je m'en voulais de ne pas trouver les gestes. Vera fit son apparition et dit que le moment était venu de mettre les parents dehors. Elle nous chassa gentiment et partit dans le couloir avec notre garçon. Elle avait dû faire cela des dizaines de fois, mettre chacun à sa place, elle savait ce que nous ignorions, les étapes que nous allions franchir.

Elle appliquait sa méthode, elle nous permettait d'être dignes, l'hôpital est un endroit où l'on travaille, pas seulement un lieu d'émotion.

Dans la voiture, je conduisais en regardant droit devant, c'était la première fois que nous laissions Mehdi, je me demandais combien de fois, combien de temps. Ma femme a mis la radio et je lui en ai voulu de briser ce silence nécessaire, un orage menaçait, et j'espérais que ça allait tomber, le plus fort possible, que la pluie laverait cette journée étouffante, je fermai bientôt les vitres et, quand l'horizon se zébra, nous eûmes un sursaut si vif que notre charge d'angoisse se déversa d'un coup dans la voiture, je crois que nous pleurions l'un et l'autre, mais sans bruit, chacun pour soi.

Lisa faisait mine de ne pas nous attendre. Elle avait mis la télévision très fort et resta assise au fond du canapé quand nous entrâmes, se contentant de changer de chaîne. Une assiette sale était posée à ses pieds. Toutes les fenêtres étaient fermées et la chaleur prenait à la gorge. L'orage n'éclatait pas. Il était près de vingt et une heures et les hirondelles tournaient bas en poussant leurs cris aigus. J'ai ouvert la baie vitrée avant d'embrasser Lisa et lui ai demandé de baisser le son, ce qu'elle n'a pas fait, puis j'ai voulu savoir ce qu'elle regardait. Rien, a-t-elle répondu sur un ton déplacé, rien de spécial. Je suis allé faire un tour sur la terrasse, ou plutôt j'ai marché dans la terre que je n'avais pas encore eu l'énergie de travailler, et j'ai respiré l'air du soir gorgé de l'odeur sucrée des tilleuls, effluves perceptibles vers le solstice d'été, et qui reviennent tous les ans raviver ma mémoire. C'était le premier soir sans Mehdi et le jour n'en finissait pas de s'étirer, comme pour signifier que cette soirée durerait toujours, la chaleur, l'orage menaçant, le cri des hirondelles, la lumière orange et grise, les éclairs au loin et cette odeur entêtante. Je ne savais que faire, où aller, dedans, dehors, ouvrir ou fermer les fenêtres, m'asseoir ou rester debout, rejoindre ma femme dans la cuisine ou m'installer près de Lisa et de la télé qui hurlait, je ne savais comment poursuivre, comment trouver ma place dans ce lieu trop neuf. Je sentais monter en moi une colère imprévue, doublée d'un affolement et d'une excitation soudaines, tournant comme une mouche rebelle, un homme sans cerveau, basique, tout au plus connecté sur ses sens, je sentais que j'étais habité par quelque chose de plus fort que moi, que je ne maîtrisais pas, et je me mis à crier, à agiter les bras, je me plantai devant Lisa et, ne pouvant plus tenir, exigeai qu'elle éteigne la télévision. Puis j'ajoutai, en parlant très fort toujours, qu'elle aurait pu au moins demander des nouvelles de son frère, oui, au lieu d'être là avachie à ne rien faire. J'étais lâche mais au moins il se passait quelque chose, au moins quelqu'un réagissait dans cette maison où, de toute façon, il devenait impossible de vivre. Puisque l'orage n'éclatait pas, il fallait bien que quelqu'un dynamite la tension trop forte. Je ne retenais rien. Ma femme sortit de la cuisine avec une tête si inappropriée qu'on aurait pu croire un des personnages aperçus à l'instant dans la série télévisée, le tablier de cuisine parfaitement apprêté, les talons hauts et les yeux maquillés (après avoir pleuré dans la voiture, ma femme s'était remis du noir pour que Lisa ne se doute de rien), un genre de femme d'intérieur mal libérée, ridicule à force de vouloir tout contrôler. Moi encore rouge de ma colère subite, Lisa partie en claquant la porte s'enfermer dans sa chambre et ma femme ne comprenant pas ce qui venait de se passer, elle avait entendu mes cris et m'accusait de me laisser aller, m'accusait de brusquer Lisa, laquelle selon son expression, n'avait rien demandé. Non, Lisa n'avait rien demandé et j'avais honte de ce que je lui faisais subir, j'avais honte là devant ma femme, qui nous préparait malgré tout quelque chose à manger. J'ai dit que j'allais faire un tour, que j'avais besoin d'être un peu seul. Et j'ai laissé ma femme, je l'ai plantée là avec la salade de tomates qu'elle préparait, les restes de poulet froid qu'elle avait disposés sur des assiettes, j'en ai eu assez de sa petite dînette parfaite, les cornichons, la mayonnaise, et sans doute l'amour avec lequel elle préparait tout ça, j'en ai eu assez de son amour qui, me semblait-il, ne servait à rien, son amour pour quoi faire puisqu'on ne supportait pas ce qui nous arrivait, j'avais besoin ce soir-là du contraire de l'amour, il me fallait quelque chose de violent, d'injuste, de moche, j'avais besoin de détruire quelque chose en moi. J'ai pris une bière dans le réfrigérateur et je suis sorti. J'ai longé la rivière et le tonnerre grondait toujours au loin. Il ne faisait pas encore nuit mais les lieux étaient déserts. Un champ de maïs bordait le chemin et j'ai marché longtemps, buvant ma bière à grandes gorgées, sans penser, juste abruti par cette journée odieuse. J'ai marché là où je n'étais encore jamais allé, je suis arrivé près d'une ferme et j'ai entendu des chiens aboyer, j'ai continué, j'ai retrouvé la rivière, je me suis assis au bord de l'eau, la lune me faisait face, qui apparaissait bien pleine dans un ciel désormais sans nuage, et j'ai jeté des cailloux dans le courant. Quand Mehdi reviendrait, je l'emmènerais ici, me disais-je, au lieu de gâcher mon temps à construire un muret autour de la maison, au lieu de poser un portail, nous viendrions pêcher, je me disais des choses comme ça, assis là sur la rive à regarder le balai des éphémères, j'imaginais tout ce que nous ferions ensemble. Je me suis obligé à me lever parce que je serais bien resté là toute la nuit, j'aurais voulu m'endormir ici, comme un animal sauvage respirant l'odeur de l'eau, entre les hautes herbes qui tapissent la berge, loin des hommes, loin de la maison, loin de la télévision, j'aurais aimé n'appartenir à personne ce soir-là, n'être lié à personne, ne pas être salarié à l'imprimerie, ne pas être marié, ne pas être l'ami de Manu, ne pas être père, juste dormir dehors et qu'on m'oublie. Je suis rentré dans la nuit, silhouette un peu floue dans la lueur de la lune, avançant à pas lents, je respirais en ayant l'impression que je vivais quelque chose dont je me souviendrais longtemps, les moments qu'on traverse sans témoin s'inscrivent en nous autrement, j'étais conscient que ce soir-là marquait aussi ma différence, ce serait le début d'une existence nouvelle, avec ma femme mais sans elle aussi, avec Lisa mais contre elle parfois, tout cela était confus et pourtant parfaitement clair. Je faisais l'apprentissage de la solitude. Et j'étais comme soulagé.

Ma femme pointa juste avant huit heures, le trafic avait été calme malgré les départs en vacances. Pour éviter le secteur d'entrée de l'autoroute, elle était passée par la zone industrielle, plus au nord, et avait rejoint la départementale juste après. Nous en avions parlé le matin au petit déjeuner et nous étions d'accord sur l'itinéraire à suivre. Quand elle arriva devant la machine à café, vêtue d'une robe légère et d'une paire de sandales à brides, elle eut l'impression que sa présence gênait. Elle se fit comme d'habitude couler un expresso et prit des nouvelles des collègues, elles aussi en robe à bretelles et chaussures d'été. C'était une fausse alerte, chacune semblait détendue et ce qui épata ma femme fut que deux de ses collègues, Marie-Louise et Nadia, étaient déjà très bronzées, et franchement décolletées. De plus, Marie-Louise s'était fait faire des mèches, c'est ce qu'elle m'avait raconté plus tard à la maison. Marie-Louise était chef depuis plusieurs années, responsable du service commercial, la cinquantaine assez clinquante qu'elle promenait dans tout l'étage. Marie-Louise était l'une de ces déesses des PME qui répandent leur parfum d'un bureau à l'autre et, sous prétexte de récupérer des dossiers, des chiffres et des données, fliquent un peu ici et là. Ma femme était surveillée, on s'en doute, dernière arrivée, absences répétées, et reçue par le patron, la cible parfaite. Et puis son allure un peu stricte, bien sous tous rapports, dix ans de moins surtout, jolie oui j'insiste, et toujours pas divorcée, ça pouvait agacer. Je ne l'ai pas encore dit parce que l'occasion ne m'en a pas été donnée, mais ma femme était belle, la démarche surtout, le port de tête, et son intelligence animale, sa nuque, j'aimais sa nuque et ses cheveux châtains relevés en chignon, ses tenues trop classiques et son petit rire, sa peau, la peau de ma femme quand nous faisions l'amour, je préfère ne plus y penser, c'était le temps où nous habitions en banlieue quand nous rêvions d'acheter une maison, c'était avant sa promotion sociale. Elle avait fait une formation pour ne plus travailler à l'usine où elle conditionnait des pinces à épiler, elle avait voulu devenir secrétaire, mais pas simple secrétaire, secrétaire bilingue, elle avait étudié tous les soirs pendant une année, le traitement de texte et l'anglais, et passé un diplôme que nous avions fêté avec des collègues sur le balcon de notre appartement. Et maintenant qu'elle travaillait comme secrétaire, elle était tombée sur Marie-Louise, c'était quand même pas de chance. Ce jour-là, donc, Marie-Louise n'avait rien laissé paraître une partie de la journée, mais ma femme sentait bien que quelque chose clochait. Quand elle avait ouvert le dossier « Arabie Saoudite » elle avait vu que les documents étaient déclassés et qu'il manquait un bon de commande. Elle avait d'abord douté, puis oublié. Ce jour-là, elle n'avait pu rester déjeuner avec les collègues à la cantine, elle avait pris la voiture et rendu visite à Mehdi à l'hôpital. Elle avait juste eu le temps de faire l'aller-retour et de voir Mehdi un peu plus d'une heure. Elle lui avait parlé, il semblait aller bien. Il avait seulement quelque chose de nouveau dans le regard, mais à peine ma femme en avait-elle pris conscience qu'elle devait reprendre la voiture pour retourner travailler. Elle embrassa Mehdi puis dévala les escaliers. Elle tomba au retour derrière une moissonneuse qui ne se rangea jamais et, malgré plusieurs imprudences, elle arriva en retard de quelques minutes. Marie-Louise fut très compréhensive et prit des nouvelles de Mehdi, elle insista beaucoup, incita ma femme à donner des détails, lui parla elle aussi de ses enfants (déjà adultes et Dieu merci en bonne santé) et du fils d'un ami de son ex-mari qui avait eu *la même chose* que Mehdi, mais pouvait-elle affirmer que c'était *la même chose* ? Marie-Louise parlait depuis bientôt vingt minutes, ma femme avait du travail et demanda pour le papier manquant. Marie-Louise, l'air de rien, émit l'hypothèse que l'autre secrétaire « Moyen-Orient » l'avait peut-être consulté, étant donné que Taha Corp. demandait des délais de livraison très courts, et que, comme ma femme s'était absentée la semaine précédente… Ma femme ne comprit pas immédiatement, mais elle sut que Marie-Louise ne lui disait pas tout. Outre se confier, ma femme avait commis une autre erreur : ne pas manger à la cantine. Tout se jouait là, le temps du déjeuner était le déversoir qui permettait à chacun de conjurer ses appréhensions, renforcer ses alliances ou neutraliser ses concurrents. L'absent au repas a tort. Il a probablement quelque chose à cacher, on ne saura jamais s'il mange de la viande rouge et aime les brocolis. On imagine qu'il est dédaigneux, qu'on n'est pas assez bien pour lui. Même si ma femme avait souvent une bonne raison de ne pas déjeuner à la cantine, cette entorse à la vie de l'entreprise la pénalisait. Elle avait besoin de s'intégrer et devait apporter les preuves de son adaptabilité. Cela, on l'avait bien souligné lors de son entretien d'embauche. Alors elle tentait de saisir l'équilibre des forces en présence et la nature de tous les enjeux. Elle finit par acheter des tickets de cantine.

J'ai pensé qu'il ne fallait rien changer à nos projets, il fallait continuer ce que nous avions commencé. Pendant que ma femme étendait le linge sur un fil que j'avais fixé à l'arrière du terrain, je suis allé acheter du papier de verre, de la peinture et un rouleau. Je suis revenu aussi avec du Polyane pour protéger le sol et un bac pour les mélanges. J'ai voulu m'occuper d'abord de la chambre de Mehdi, tout naturellement. J'ai choisi un jaune tournesol après être passé outre l'avis d'un vendeur qui me recommandait des couleurs froides pour les chambres. Une fois un premier pan de mur peint, j'ai dû admettre que le vendeur avait raison, j'avais un peu forcé sur la lumière. J'ai demandé son avis à ma femme qui n'aimait pas ce jaune, et celui de Lisa, qui prit un air sceptique. Nos tergiversations et mes essais ratés me coupèrent les jambes assez net, et l'enthousiasme qui m'avait traversé se trouva bientôt réduit à néant. J'ai remballé mes pinceaux que j'ai eu un mal fou à nettoyer et j'ai rebouché le pot de jaune, ma femme a proposé qu'on le récupère pour la cuisine. J'ai passé le reste de la journée à piétiner dans la maison, je me suis contenté de prendre des mesures, que j'ai notées sur une feuille, la hauteur de plafond, les mètres linéaires, puis j'ai arpenté notre petit terrain, évaluant les possibilités, sans savoir toutefois par où il me faudrait commencer. Le plus pressé était sans doute la terrasse, dont nous pourrions profiter immédiatement, il fallait aplanir la surface, choisir un revêtement, gravier, bois ou dalles de ciment. Nous en avions parlé avec ma femme, lorsque nous bavardions sur le balcon de notre appartement et que nous portions notre regard loin vers l'horizon, derrière les barres d'immeubles qui nous masquaient la vue, lorsque nous rêvions d'une maison posée dans la campagne, avec une chambre pour chaque enfant, un garage et un jardin pour manger dehors. La terrasse deviendrait le lieu central de notre existence. Je ne savais plus si je serais capable de venir à bout des travaux qui m'avaient pourtant semblé à portée de main quelques mois plus tôt. Au moment où nous avions signé le compromis de vente avec le constructeur, je m'en souviens bien, rien ne m'arrêtait, même la souscription du prêt à la banque ne me faisait pas peur, j'avais l'impression que ma vie commençait, j'allais avoir quarante ans, et j'étais mû par une énergie rarement éprouvée, je dépliais les plans de la maison tous les soirs sur la table du salon et, avec ma femme, armés d'un crayon, nous inventions l'organisation de notre vie future, prévoyant à l'intérieur l'emplacement de la moindre penderie, imaginant quelques astuces pour gagner de la place ici ou là. Et surtout, nous projetions d'aménager les combles, quand nous aurions les moyens, et cette promesse de mètres carrés gagnés sous le toit était une machine à fantasmes infinie. Les combles et le jardin seraient les deux prolongements de notre existence, le bonus, l'espace de liberté jamais octroyé. Notre excitation nous portait, tout dans nos conversations et nos sorties nous ramenait à notre maison, nous regardions autour de nous comment les autres faisaient, et nous passions du temps à nous promener à pied le dimanche et à visiter les lotissements qui se construisaient près de notre banlieue. Nous avions en tête le jardin idéal, nous rêvions de pouvoir agir nous-mêmes sur les éléments, faire couler l'eau au pied des dahlias et respirer l'odeur du sol mouillé. Ma femme, plus que moi je crois, avait envie de repartir de zéro, de concevoir, organiser et surtout transformer la matière, de renouveler chaque jour le miracle de la lentille qui germait dans le coton de nos jeunes années, ma femme, je le sentais bien, n'attendait que cette occasion pour régner sur un territoire qu'elle pourrait modeler à son image. Et moi, j'imaginais que j'allais construire aussi, assembler des dalles, ériger un muret, transpirer, j'imaginais que mes muscles, mes poumons, toute la force emmagasinée depuis toujours allaient m'accompagner sans faiblir. Au lieu de cela, je me sentais flasque ce jour-là, et surtout les idées pas suffisamment claires pour décider de mon plan d'action. Je ne me reconnaissais pas, moi qui toujours avais relevé tous les défis, moi qui avait dépanné tous les copains, avait aidé à tous les déménagements. Là, je me sentais défaillant comme un débutant, pour ainsi dire vidé. Mehdi était à l'hôpital et je n'avais plus envie de rien.

J'ai tourné en rond encore un moment, je regardais le linge s'agiter au vent de l'été, puis j'ai plié la feuille avec les mesures et l'ai mise dans ma poche. J'ai sorti une chaise dont les pieds se sont un peu enfoncés dans la terre, j'ai pris une bière et posé mes yeux chez le voisin.

Quand j'arrivai le lendemain matin à l'imprimerie, réveillé depuis l'aube bien avant la sonnerie du réveil, j'aurais donné cher pour poursuivre ma vie normalement, comme avant, travailler, faire des blagues avec mes collègues, économiser pour acheter une nouvelle voiture, jouer au Loto. J'aurais eu envie d'avoir des problèmes ordinaires, des frustrations classiques, des ennuis matériels même récurrents. J'aurais bien voulu me consacrer corps et âme, par exemple, aux problèmes de brigade de nuit qui nous avaient empoisonnés l'hiver dernier, je me serais volontiers cassé la tête pour organiser une résistance face à la direction qui envisageait une restructuration. J'aurais aimé que le souci qui me ronge soit cette menace de licenciement, qui m'avait contraint à souscrire l'assurance perte d'emploi quand nous avions signé le crédit de la maison. J'aurais bien voulu me préoccuper de nos problèmes d'argent, nos problèmes de terrain tout juste viabilisé dont la conformité semblait toutefois laisser à désirer à cause de la rivière, j'aurais bien voulu n'importe quoi, ce matin-là, me retourner contre le promoteur qui nous avait vendu le terrain ou la mairie de la commune. J'aurais aimé n'avoir que ce genre de soucis, procédure ou pas, conseiller ou avocat, assurance ou banque, voiture en panne, lettres recommandées, j'aurais aimé avoir par mille ce genre de casse-tête, problèmes de collège, de cantine, de vacances pourries, de syndicat, d'actionnaires gourmands, j'aurais voulu qu'en arrivant ce jour sur la plateforme 8 mes enfants soient en colonie de vacances et ma femme au travail, j'aurais souhaité les oublier, qu'ils disparaissent de mes pensées comme avant, où pendant les heures de taf je ne me concentrais que sur la tâche à accomplir, jetant de temps à autre un œil sur la pendule, ignorant absolument que j'avais une femme et des enfants, ignorant qu'ils avaient des devoirs à faire le soir, des vaccins à surveiller, des petits bobos et des états d'âme. J'aurais préféré revenir à l'étape précédente, quand ma vie, à y bien regarder, était simple et sans angoisse, alors que j'avais au contraire l'impression de me débattre dans un monde étriqué où je n'avais droit qu'à consommer des miettes et où l'insatisfaction avait fini par devenir le sentiment dominant. Oui, j'aurais aimé tracer un trait sur cette histoire de construction, de travaux, de promoteur, qui nous avait phagocytés pendant plus d'une année, après qu'avait fini par s'imposer l'idée qu'il ne nous était plus possible de vivre dans un immeuble, et surtout dans une banlieue miteuse, avec autour de nous des gens qui, pensions-nous, ne nous ressemblaient pas, ne nous respectaient pas et, pour être honnête, ne nous méritaient pas. J'aurais aimé revenir au temps où ce désir suspect d'accéder à la propriété ne s'était pas encore emparé de nous, ce désir d'orgueil en vérité, volonté de démontrer à nos familles et sans doute aussi à nos enfants que nous en avions fini avec la soumission et l'obligation de payer tous les mois un loyer à la Cogelem, et des charges en progression constante. À y bien réfléchir, je me demandais d'où nous était venue cette idée de vouloir à tout prix faire construire, je ne savais plus quand ça avait commencé, j'aurais dit que ça datait d'assez longtemps, quand les premières voitures avaient brûlé sur le parking du supermarché, oui, je crois que c'était à ce moment-là, quand la police avait bouclé le périmètre après une nuit particulièrement agitée. On avait d'abord pensé à simplement déménager, faire une demande de logement dans un quartier plus calme, et puis la liste d'attente consultée à la mairie nous avait découragés. C'était l'époque où nos revenus s'étaient mis à dépasser le plafond puisque ma femme avait repris son travail après que Mehdi était rentré à l'école primaire, et surtout c'était le moment où les Orsini avaient pendu leur crémaillère, on avait adoré le barbecue dans le jardin, Nico m'avait montré l'établi flambant neuf installé dans son garage et les enfants s'étaient baignés dans une belle piscine gonflable, nous fichant la paix pour une fois, enfin c'est beaucoup dire parce que, comme Mehdi avait peur de l'eau, il avait fallu dissuader chacun d'insister pour qu'il se baigne. Mais malgré ce contretemps somme toute mineur, nous avions été épatés de manger des brochettes dehors, aromatisées aux herbes plantées par Françoise dans le jardin, de mettre la musique fort sans que les voisins rappliquent et de finir la soirée dans des transats sur la terrasse, même si les attaques de moustiques avaient contraint certains à refluer dans le salon, pas aussi confortable qu'on aurait pu le penser du fait que Françoise interdisait l'accès à son canapé en cuir blanc. Je crois bien que nous avions envié les Orsini, oui, en rentrant chez nous tard dans la nuit, nous étions restés silencieux dans la voiture bien que grisés par le rosé absorbé en bonne quantité, ma femme plus décontractée qu'à son habitude, assez affectueuse, les enfants rapidement assoupis à l'arrière, et moi le cœur léger, la main de ma femme sur la cuisse, au volant malgré l'assurance de dépasser largement le taux d'alcool autorisé. Nous étions ainsi rentrés dans notre banlieue, un reste de sourire aux lèvres, la voiture franchissant en douceur la suite de ronds-points qui jalonnaient la route départementale, mais sans doute un peu frustrés et honteux quand, après avoir tourné longtemps pour trouver une place au bas de notre immeuble, puis constatant que l'ascenseur était encore en panne, nous avions dû monter les quatre étages à pied à deux heures et demie du matin. Je crois bien que c'est là que tout avait commencé, que ma femme n'avait plus vu dans son existence que ce qui ne lui convenait pas, ne lui suffisait plus. Après avoir donné naissance à un puis deux enfants, après avoir travaillé, puis arrêté, puis repris, après avoir été au chômage puis envisagé une formation, ma femme avait eu envie de changer d'air et de style de vie, elle avait eu envie de pousser les murs et de respirer autrement, elle ne supportait plus, disait-elle, d'étendre le linge dans la salle de bains (le règlement l'interdisait sur le balcon), d'être obligée de prendre la voiture le dimanche et de parcourir des kilomètres pour pique-niquer dans l'herbe, elle ne supportait plus de croiser la voisine d'à côté qui avait mal dans les jambes et en voulait à la Terre entière, le voisin d'en face qui écoutait la télévision trop fort et la voisine du dessus qui attendait que Le Pen soit élu. Oui, je crois que c'est cette crémaillère qui nous avait tourné la tête, parce que, lorsqu'en retour nous avions voulu inviter les Orsini, nous nous étions sentis comme gênés, sans oser nous le dire, ma femme et moi, nous avions évoqué une date puis reporté, trouvé une excuse et, au moment de décider vraiment, ma femme avait lâché, avec un geste d'énervement, qu'elle ne voyait pas comment nous allions tous tenir dans le salon, leurs enfants et nos enfants, ni surtout ce que nous allions faire entre nos quatre murs une fois le repas terminé, elle n'imaginait pas une balade dans le quartier, le long des parkings et jusqu'au centre commercial. Je crois qu'en fait ma femme avait peur que les Orsini se trouvent nez à nez avec les tags qui tapissaient désormais les murs du rez-de-chaussée, elle ne voulait pas qu'ils nous voient dans un décor d'antennes paraboliques et de pelouses râpées et qu'ils en tirent des conclusions imbéciles. Ma femme avait pris en grippe notre existence, et je sentais monter en elle tous les signes de sa frustration. En quelques mois, elle avait semblé ne plus se reconnaître, jusqu'à se renier, tenir un discours parfois blessant et suspecter les personnes avec qui elle partageait cette vie, moi en particulier, comme si j'étais responsable de ce qu'elle commençait à ressentir comme un échec. Alors la possibilité d'une maison que nous ferions construire était l'unique issue, la solution pour échapper à un quotidien qui promettait de nous étrangler. Notre quotidien qui, à y penser aujourd'hui, était simplement heureux parce que nous allions bien tous les quatre, mais nous n'avions pas conscience de cette évidence, non, ne nous sautaient aux yeux que l'inconfort et la promiscuité dans lesquels nous vivions. Au lieu de profiter des moments que nous partagions avec nos enfants, au lieu de respirer l'air du soir en nous installant sur notre balcon, nous nous focalisions sur la mauvaise robinetterie de la douche, les plaques de lino qui se décollaient dans le couloir, l'exiguïté de la cuisine qui nous interdisait d'ouvrir le réfrigérateur quand nous étions assis à table. Alors que nous aurions pu passer des soirées tranquilles à jouer au Trivial Pursuit que la sœur de ma femme nous avait offert, alors que nous aurions pu simplement regarder ensemble la télévision, nous n'étions plus concentrés que sur les pas de la voisine lepéniste au-dessus de nos têtes, nous n'entendions plus que les cris qui résonnaient dans la cage d'escalier. Nous ne savions pas que nous vivions ici, dans cet immeuble mal isolé mal insonorisé mal foutu, dans cette banlieue quelconque et donc merdique parmi toutes les banlieues quelconques et merdiques, les plus belles années de notre vie, nous n'avions pas idée que c'était là, dans nos soixante mètres carrés, avec nos deux enfants dans la même chambre, qui cohabitaient avec des lits superposés et un volet qui fermait mal, oui c'était là que nous étions au plus doux de notre parcours, mais comme nous l'ignorions, nous n'avons profité de rien, nous nous sommes contentés de nous plaindre, de nous inventer des souffrances que nous croyions réelles, nous avons gâché ce qui ne reviendra peut-être pas. Aujourd'hui que j'ai compris cela, je ne sais comment me pardonner, comment accepter d'avoir ainsi dilapidé ce qui était précieux. Mais nous imaginions que la vie se déroulait selon une ligne droite et que l'avenir serait forcément meilleur, nous pensions que la vie s'améliorait au fur et à mesure, c'est ce que nous observions autour de nous, chacun attendait ce qui allait le libérer, nous pensions que le bonheur était une conquête, une promesse, qu'il arrivait après une suite d'empêchements, après une série d'obstacles, une succession d'espoirs. Il manquait au départ toujours quelque chose, il manquait une voiture, un diplôme, un amour, un enfant, un appartement, un travail, un jardin, il manquait de l'argent, la vie n'était que manque mais le temps allait tout résoudre, allait tout construire, tout simplifier.

Je suis arrivé à l'imprimerie un peu à l'avance. L'autobus était passé à l'heure pile. J'avais fait attention de ne pas me laisser surprendre par les horaires d'été. Je prenais le bus depuis longtemps, alors que ma femme allait travailler en voiture, c'était un arrangement entre nous. Elle avait pris l'habitude de faire des courses à l'heure du repas ou en sortant le soir, et avec la voiture c'était plus facile, elle récupérait parfois aussi Mehdi au judo, elle tenait à cette indépendance. Alors que moi je m'en fichais, j'avais juste besoin d'arriver à l'imprimerie, et au retour je n'étais jamais pressé. Nous avions choisi un terrain à bâtir de ce côté de la ville parce qu'une ligne d'autobus desservait la zone industrielle où je travaillais, et cette ligne, c'était la même qu'avant, quand nous habitions dans notre immeuble, sauf que je prenais le bus vingt minutes plus tôt, en rase campagne. Je connaissais tout le monde, c'étaient les mêmes qui montaient chaque matin, deux types qui se mettaient au fond et qui étaient éboueurs, ceux qui travaillaient à la poste principale et descendaient au terminus, et quelques femmes qui ne parlaient pas mais dont j'ai toujours pensé qu'elles faisaient des ménages, il y avait aussi un Noir qu'il ne nous serait pas venu à l'esprit de contrarier étant donné sa masse musculaire. Je restais souvent debout à discuter près du chauffeur et il me racontait les histoires de la compagnie de bus qu'une boîte privée avait fini par racheter. D'ailleurs le bus avait perdu son numéro et le 85 avait été rebaptisé Cars

Moreau, il avait fallu subir une légère augmentation du tarif et se faire à de nouveaux horaires. Il y avait peu de bus tôt le matin, avec celui de 5 h 02 j'arrivais en avance, avec celui de 5 h 47 j'arrivais en retard, je n'avais pas le choix. Faire du stop de si bonne heure ne marchait pas, dans le noir personne n'évaluait qui il embarquait, surtout l'hiver, les gens voulaient écouter la radio tranquilles dans leur caisse, alors l'horaire du bus, c'était sacré. J'étais donc arrivé à l'avance, pas dans le même état que d'habitude, dans l'attente de la confirmation que Mehdi pourrait rentrer à la maison. J'étais au vestiaire, debout devant mon casier et incapable de me souvenir du code. Au premier essai, je ne me suis pas inquiété, j'ai cru que j'avais mal tapé, j'ai refait les quatre chiffres, mais la porte ne s'ouvrait pas. Puis j'ai eu un doute, j'avais confondu le code de mon casier avec celui de ma carte bleue, et pourtant j'avais une méthode simple pour le mémoriser, c'était la date où j'avais rencontré ma femme, un 6 février, mais à y bien réfléchir je me suis rendu compte que ce code-là était le code pin de mon téléphone portable, 0602, donc le code de mon casier devait être la date de naissance de Lisa, mais non ça ne marchait pas. J'étais là depuis un moment, essayant diverses combinaisons et voyant arriver les collègues qui, ce matin, étaient plutôt éteints. L'ambiance prenait à la gorge, il y avait dans l'air quelque chose de poisseux qui collait chacun au sol, et le silence dans lequel les hommes enfilaient leur blouse en disait long sur la vie qu'ils enduraient. Certains s'essayaient à plaisanter, Nouredine surtout dont le cœur était plus léger que les autres, mais qui avait du mal à obtenir en retour davantage que des grognements. Je n'osais pas trop attirer l'attention mais finis par révéler que j'avais oublié mon numéro de code, ce qui sembla d'abord laisser chacun indifférent, à part Nouredine qui sauta sur l'occasion pour entrer en scène. Persuadé qu'il allait m'aider à trouver la bonne combinaison, il fut contraint de reprendre depuis le début, envisager avec moi toutes les possibilités, et cette petite aventure eut le mérite de proposer une énigme à résoudre collectivement et de donner à chacun l'occasion d'intervenir. Les gars sortirent un peu de leur torpeur, retrouvèrent la parole petit à petit et glissèrent quelques conseils plus ou moins éclairés. Puis ce fut le début des questions, chacun redoubla d'inventivité pour me faire accoucher du code oublié, chacun se prit au jeu avec un sérieux sidérant, et pas mal d'humour aussi, tous les gars y allèrent de leur astuce pour que la mémoire me revienne, me livrant en vrac la signification de leurs propres codes, et ce fut dans le vestiaire un moment de révélation, un défilé de la vie intime de toute la brigade. Fusèrent des dates de naissance, des dates de mariage, des numéros de rue, et je fus sommé de me plier à l'exercice, et alors que je cafouillais encore, prêt à renoncer, Nouredine dit qu'on pouvait aussi imaginer d'autres chiffres, pour lui c'était la date de sa naturalisation française, Alain avoua que lui avait un code pas franchement drôle, qu'il préférait ne pas faire de commentaire, il ajouta que les dates n'étaient pas forcément des choses heureuses, que parfois c'étaient des chiffres qui tuent, là les gars se mirent à le charrier un peu mais avec respect, disons qu'il avait jeté un froid dans ce début de journée assez insolite. Heureusement Tony, qui avait toujours le mot pour rire, me proposa d'essayer ses chiffres fétiches, 6969, ce qui déclencha quelques commentaires ironiques. Puis, avant que l'aiguille de l'horloge nous invite à aller pointer, alors que mon casier refusait toujours de s'ouvrir et que la panique qui m'avait pris se changeait en une impression de folie naissante, je sentis une main sur mon bras puis une voix parvint à mon oreille qui me demanda : Ça va ton gosse ? Je restai planté devant mon casier, toujours dans mes vêtements de ville, sans pouvoir prononcer un mot, le simple contact de la main sur mon bras, le fait que ces paroles s'adressent à moi et attendent peut-être une réponse, cette attention réelle et discrète provoquèrent un tremblement qui vint secouer mes épaules et j'eus honte de ne pouvoir maîtriser ce qui m'envahissait, je me sentis idiot et comme pris en faute sous la chape de lumière du néon, près de Dubecq qui ne voulait pas m'embarrasser, qui déjà regrettait d'avoir abordé le sujet, se sentait gêné peut-être de la main trop explicite sur mon biceps, comme si j'étais un pauvre gus déjà perdu, pas même bon à retenir son code de vestiaire, un gars qui commence à perdre la boule. Alors, une fois passée la surprise de la question, une fois mes esprits retrouvés, je dis que pour l'instant les résultats d'analyses étaient bons, je dis que je m'étais peut-être alarmé un peu vite. Je ne pouvais faire autre chose que mentir. Et je souris franchement avant d'aller pointer.

Ce matin-là, je mesurai la chance que j'avais de pouvoir accomplir mon travail en étant tenu de me concentrer. Je savais combien était précieux d'occuper ce poste de conducteur, comme était bienvenu le vacarme dans lequel j'évoluais et qui m'obligeait à me soustraire à la réalité. Je savais qu'il me fallait entrer dans le détail de chaque tâche à effectuer et le fait de procéder aux réglages délicats de la rotative, de démarrer le tirage, puis de surveiller la montée en puissance me convenait parfaitement. Me rassurait d'être tout entier requis par la précision des interventions à accomplir, d'avoir à organiser, à décider, prêt à tout stopper en cas de bourrage, de fausse route ou d'emballement. J'étais soulagé d'être là, à côté de la machine qui savait, qui cavalait pour moi, qui accomplissait les miracles pour lesquels je l'avais programmée, soulevant la poussière dans une odeur de papier saturé d'encre et d'humidité. Je faisais corps avec la rotative, partenaire idéale bien que parfois imprévisible, dangereuse aussi dans sa détermination. J'aimais reproduire tous les gestes connus depuis des années, cent fois répétés, des gestes intégrés, une mécanique impeccable que je réitérais en rêve les premiers temps, alors que je conduisais les anciennes bécanes, avant l'arrivée de l'offset, plus lourdes et avides de renfort humain. Je mesurai ce matin-là la chance que j'avais de pouvoir m'isoler devant le tableau de bord où tous les voyants affichaient le bon déroulement des opérations, de pouvoir par moments rester immobile, fermer les yeux et me perdre, rattrapé toujours par le léger claquement des bras d'acier qui s'agitaient et le tempo enivrant de la machine, galop effréné qui faisait partie de moi depuis toutes ces années et finissait par me bercer, par me posséder, me dominer. C'est ce que j'aimais dans mon travail, la sensation de vitesse immobile, malgré l'étrange déséquilibre que provoquaient les vibrations répétées et l'inhalation de produits sans doute toxiques, je me laissais griser par cette course éternelle, par la puissance des moteurs qui propulsait une énergie stimulante et dans laquelle je me fondais, rassuré par l'entêtement lourd de la rotative.

Je ne savais pas si j'avais envie d'être en vacances. Cette année était spéciale, et au lieu de ressentir le soulagement qui accompagnait l'arrivée de mes congés d'été, j'éprouvais comme une réticence, une impossibilité à me rendre disponible, et à me réjouir. Il fallait à présent que Mehdi rentre de l'hôpital, nous en étions là, à organiser son premier retour qui, je dois l'avouer, nous effrayait. Le fait que Mehdi soit loin de nous était un arrachement et nous nous sentions amputés, mais quelque chose dans cet éloignement nous protégeait, la distance nous permettait de ne pas être témoins de tout ce qui arrivait, une frontière existait entre l'hôpital et la maison, qui nous donnait l'illusion d'être hors d'atteinte, comme si la gravité de la maladie ne devait opérer que dans la chambre d'hôpital et épargnerait Mehdi partout ailleurs. Nous étions ignorants, nous allions apprendre, nous étions confiants malgré les premiers jours difficiles, nous n'avions aucune idée de ce qui allait suivre. Nous avons préféré aller chercher Mehdi nous-mêmes, refusant la proposition qui nous avait été faite de le voir rentrer en ambulance. Il nous semblait impossible de ne pas nous rendre à l'hôpital, de ne pas lui tendre les bras, l'emporter avec nous et marcher près de lui dans le couloir du service, non, nous ne pouvions nous dispenser de cette image, ma femme et moi l'arrachant à sa chambre, l'enlevant presque, nous avions besoin de ce geste. Et puis comment accepter d'attendre à la maison que l'ambulance arrive, comment imaginer venir à bout des minutes qui nous sépareraient du retour de Mehdi, arpentant chacune des pièces, feignant d'entreprendre quelque chose, passer l'aspirateur, plier le linge, mais ne guettant que le bruit du moteur qui entrerait dans le lotissement, nous précipitant dehors chaque fois qu'un chien aboierait. Nous ne pouvions nous résoudre à voir stationner le véhicule devant notre terrain, et imaginer les voisins, croisés une fois ou deux lors de l'avancée du chantier, observant derrière leurs rideaux, qui préféreraient ne pas être troublés dans leur tranquillité, même si le destin frappant à la porte d'à côté procure toujours un certain soulagement. Bref, nous nous refusions à ce que les voisins soient des témoins, pour autant ignorants de la réalité et donc réduits à émettre des hypothèses, nous avions peur que soit attisée leur curiosité et stimulé leur désir de commentaires sans pour autant vouloir approcher notre histoire. Nous ne voulions pas qu'avant de nous connaître, les voisins se fassent une idée de nous quatre et nous désignent comme ceux déjà touchés. Nous refusions leur regard, leur jugement, leur possible compassion. Nous ne voulions afficher aucun des signes de notre différence, espérant bientôt redevenir une famille comme les autres.

Mais encore fallait-il nous rendre disponibles pour être à l'hôpital un jour de semaine. Je n'ai eu aucun problème avec l'imprimerie, j'ai trouvé sans trop de difficultés un collègue qui accepterait de permuter avec moi, brigade du matin contre brigade du soir, il suffisait que j'en informe José et ça roulait comme ça. Par contre je sentais que ma femme n'était pas dans son assiette. Annoncer une nouvelle fois à Marie-Louise qu'elle avait besoin de sa matinée la mettait dans un état d'agitation inhabituel : tout y passait, les cheveux qu'on tournicote, les ongles qu'on ronge, les paroles sèchement énoncées sans raison. Elle ne savait si elle devait prévenir à l'avance, risquant d'essuyer un refus, ou annoncer au dernier moment qu'elle était souffrante, osant un mensonge forcément détectable. La veille du jour J, ma femme tâta le terrain et envisagea de parler à sa chef. Elle voulut être parfaite, arriva le matin un peu à l'avance, prit sa pause rapidement devant la machine à café vers dix heures et plaisanta avec ses collègues en buvant son expresso, tenta un zèle enjoué mais discret. Elle se plongea corps et âme dans les dossiers à traiter, et attendit le bon moment. Elle pensait poser la question dès les premières heures, pour laisser à sa chef le temps de s'organiser. Mais la situation ne s'y prêtait pas, sa chef était le plus souvent au téléphone, et entre deux appels elle disparaissait dans les bureaux voisins. Ma femme patientait, sentait son cœur s'emballer dès que Marie-Louise réapparaissait. Elle espérait un contexte favorable, un coup de pouce du destin, mais ce matin-là la chef de ma femme était inaccessible, préoccupée par un client qui s'entêtait à négocier farouchement une facture, un des gros clients qu'il était préférable de ne pas contrarier. Ma femme baissait la tête au-dessus de sa pile de dossiers, tapant sur les touches de son ordinateur, dans l'attente d'une brèche où se glisser. Mais la chef oubliait le reste du monde, les problèmes des autres et ses propres problèmes, pour se concentrer sur ce client retors auprès de qui il fallait inventer d'incroyables stratégies afin qu'il finisse par se soumettre avant que le patron soit au courant. C'était une course contre la montre et ce challenge concernait tout l'étage. Puis ce fut l'heure du repas, que ma femme prit à la cantine en tentant de ne pas perdre de vue Marie-Louise, au cas où, inopinément, une ouverture se ferait, on ne sait jamais, côte à côte un plateau à la main, ou à table devant une même carafe d'eau. Mais la chef s'installa à la table des chefs (ce qui était le cas le plus souvent) et ma femme se retrouva en train de deviser avec les filles en décolleté dont les vacances approchaient. L'après-midi commença mal puisqu'il y avait réunion à quatorze heures dans le bureau du responsable des ventes, ce qui reportait la réapparition de Marie-Louise vers quinze heures trente. Là ma femme commençait à penser que c'était cuit, la situation était trop tendue. Après, ce fut même le patron qui décida d'un entretien sur-le-champ. La chef quitta précipitamment son poste, un bloc-notes à la main et lâcha, avant de franchir la porte : C'est pas bon signe, comme une confidence. Quand elle revint, elle demanda à ma femme de rechercher dans les archives, les antécédents de Gueroui SA sur les trois dernières années ; le patron voulait une analyse complète pour le lendemain onze heures. Là, le sang de ma femme ne fit qu'un tour. Plus rien n'existait que le cas de Gueroui SA, tout était stoppé net, plus rien n'avait d'importance que les antécédents de Gueroui SA, seule obsession jusqu'au lendemain, et les petits soucis personnels, les contretemps familiaux, amoureux, matériels se dissolvaient dans l'instant pour être relégués à des temps plus cléments. Alors seulement la vie reprendrait son cours, les employés de l'étage pourraient souffler et goûter à l'été qui s'installait sur le pays avec des chaleurs exceptionnelles, chacun pourrait relever la tête de son dossier Gueroui, jusqu'à ce qu'une autre affaire sème la pagaille dans le service, mettant les chefs et les sous-chefs au garde-à-vous, requérant la concentration et le dévouement de tous, générant une angoisse lancinante qui se répandrait de bureau en bureau et des heures supplémentaires que personne n'oserait défalquer, tant il est évident que la mission de chacun est de servir au mieux la boîte, de se montrer généreux et solidaire, simple question de bon sens.

Ma femme choisit de renoncer, elle ne demanderait pas sa matinée, elle comprenait que le soutien de son patron ne servait à rien, c'étaient des mots impossibles à appliquer, elle se conformerait à ce qu'on attendait d'elle, elle se contenterait de répondre aux ordres de sa chef, de participer à l'effort de guerre auquel semblaient se soumettre tous les employés, elle serait à la place qu'on lui désignerait, ce serait plus facile, et au moment où elle finit par comprendre qu'elle terminerait tard ce soir-là et qu'elle serait au bureau à la première heure le lendemain matin pour régler le cas Gueroui, au moment où elle entrevit sa voie toute tracée, son ventre se décrispa, quelqu'un avait décidé pour elle, quelqu'un avait décidé qu'elle cesserait de résister, alors les choses se clarifièrent, elle se raisonna et finit par accepter qu'elle n'irait pas à l'hôpital chercher Mehdi, elle me confierait cette tâche, elle savait désormais qu'elle n'avait pas le choix. Elle passa le reste de la journée à se persuader que ce n'était pas si grave, que Mehdi ne lui en voudrait pas, que ni Clavel ni Vera ne porteraient aucun jugement, elle se répétait, en tentant de repérer les dossiers

Gueroui dans les archives, que Mehdi pourrait bien rentrer avec son père, qu'elle prendrait soin de lui le soir, que le temps passé avec un enfant n'est pas ce qui compte, mais plutôt la qualité du temps passé, elle se répétait ce genre de choses comme se le répètent tous les parents défaillants malgré eux, elle tentait de se laisser convaincre par des arguments auxquels elle ne croyait pas mais qui solutionnaient son problème immédiat.

Le soir en rentrant, alors que nous avions déjà préparé le repas, Lisa et moi, et que sautaient dans la poêle quelques pommes de terre sur lesquelles je casserais des œufs, ma femme me fonça dessus et me raconta l'épreuve qu'elle venait de vivre, m'en livra les moindres détails, et plus tard à table elle poursuivit son monologue, comme s'il lui fallait épuiser le sujet, en remâcher chaque étape, revivre cette journée vertigineuse minute par minute, et je la laissais déverser l'intensité de sa tension, je la laissais se délester petit à petit de l'émoi qui l'occupait, je l'entendais sans tout à fait l'écouter tant les faits s'enchaînaient de façon systématique, je l'entendais donner le nom des gens, le nom des services, le nom des tâches, autant de données avec lesquelles je devrais me familiariser et qui m'étaient pour l'instant inconnues, mais en tout cas, ce que je retenais ce soir, c'était le nom de Gueroui, comme si ce qui arrivait était l'unique faute de Gueroui, qui monopolisait une entreprise entière, ce soir à notre table, le coupable était Gueroui, et déjà j'avais une piètre opinion de ce type, mais aussi je me surprenais à détester la chef de ma femme, et en toute logique son patron. Cette soirée fut différente des autres parce que, au lieu de garder le silence sur nos craintes rentrées, ma femme nous inonda d'un flot de paroles inattendu, une marée de mots qui nous envahit mais permit à chacun d'entrer en scène. Alors nous dînâmes ce soir-là dans la plus grande agitation, suspendus aux paroles de ma femme, et nous entrâmes avec elle dans un récit plein de suspense et de révélations, et je me rendis compte à quel point sa colère et sa déception, au lieu de l'anéantir, lui donnaient au contraire un ressort insoupçonné. Qu'elle nous livre sa frustration aussi directement, qu'elle nous prenne ainsi à témoin, Lisa et moi, cherchant ses mots avec passion, cela nous fit le plus grand bien, nous permit de partager enfin les problèmes que posait l'hospitalisation de Mehdi, de mesurer ensemble notre place et notre possibilité d'agir. Et puis le fait d'être contre, contre toutes les personnes qui à un moment se dressent en travers du chemin (la chef, le patron, Gueroui), le fait de pouvoir s'insurger ensemble contre ce qui empêche, entrave et détourne, cette puissance du contre dès lors qu'elle s'exprime et se débat, qu'elle enfle dans une surenchère d'une mauvaise foi indispensable, donne lieu à un renfort inouï de vitalité et de complicité. Et c'est avec cette force et cette foi nouvelles, rendues possibles grâce à l'injustice incarnée par l'entreprise de ma femme, que nous avons envisagé la suite, c'est-à-dire imaginé le rôle de chacun dans le retour de Mehdi.

La soirée fut particulière. Nous sommes restés longtemps assis, ma femme et moi, sur le terre-plein devant la maison, à goûter à la pleine chaleur de juillet refluant doucement à la tombée du jour. Nous sommes restés ainsi, mal installés sur des chaises de cuisine, à perdre notre regard dans le faîte des arbres qui bougeaient à peine, entêtés par le chant des grillons. Ma femme s'est rapprochée de moi, puis elle a posé la tête contre mon épaule et j'ai retrouvé une sensation perdue depuis plusieurs semaines, celle de ses cheveux effleurant ma peau et de son parfum qui ne m'arrivait que par effluves passagers. J'ai retenu mon souffle dans un premier temps, comme surpris que ma femme demeure soudain silencieuse et détendue après le déferlement de paroles dont elle nous avait assaillis, puis, après quelques minutes de ce contact nouveau, je l'ai entourée de mon bras et j'ai même osé la serrer contre moi. Pendant ce temps, j'entendais Lisa qui changeait de chaîne dans le salon, puis qui se déplaçait jusqu'à sa chambre dont elle a fini par fermer les volets. J'avais de la peine pour Lisa, qui vivait avec son frère une épreuve compliquée, qui mettait à profit toute la vitalité dont elle était capable mais se perdait parfois en des moments maladroitement mélancoliques, et me sautait aux yeux la solitude dans laquelle elle se trouvait, alors que jamais elle ne se plaignait. Ce qui était palpable était le silence qui régnait le soir à la maison, une lourdeur qui s'étirait sans fin, alors qu'avant, quand nous habitions dans notre appartement et que les deux enfants partageaient la même chambre, les soirées se déroulaient dans une agitation perpétuelle, ponctuée par les cris, les hurlements même, que déclenchait le chahut du frère et de la sœur, les rires aussi, le plus souvent exagérés, si bien que nous étions en général obligés d'intervenir pour que le calme s'installe avant la nuit. Depuis que Mehdi était malade, Lisa se retranchait dans sa chambre mais en laissait la plupart du temps la porte ouverte, ce qui me semblait être un drôle de signe, comme un appel. Nous entendions parfois la musique qu'elle écoutait, nous assistions à ses conversations téléphoniques, nous savions quand elle était allongée sur son lit ou assise à son bureau et cela me gênait que ma fille de seize ans n'éprouve pas le besoin de s'isoler, de créer autour d'elle une bulle qui la protégerait, cela me gênait d'être confronté à son intimité, de la voir évoluer devant son miroir, se coiffer longuement ou tracer à l'infini des volutes sur un cahier, j'avais du mal à être le témoin du désœuvrement de Lisa, de son égarement et de son sommeil sans fin, ses journées vides et l'apparent questionnement qui semblait la hanter. Lisa vivait l'absence de Mehdi sans en avoir conscience vraiment, et je sentais dans son manque d'énergie et de folie qu'une partie d'elle-même lui était ôtée. Lisa apparut sur le pas de la baie vitrée, pieds nus, et sembla surprise de nous trouver enlacés, elle eut presque un mouvement de recul et nous nous sentîmes comme débusqués dans notre élan de tendresse. Nous nous redressâmes mollement et je lui rappelai : Réveil demain pas trop tard ? Puis ma femme se leva en s'étirant, rangea quelques objets dans la cuisine et finit par disparaître dans le couloir qui conduisait à notre chambre. Je restai encore dehors un long moment, à boire une bière dans la semi-obscurité, observant les fenêtres éclairées de la maison d'en face, visibles derrière la haie de jeunes thuyas tout juste plantée, et percevant des voix qui m'arrivaient par intermittence. C'était une rumeur qui s'élevait depuis la terrasse, des bruits de vaisselle qu'on entrechoque, des pleurs d'enfant, des exclamations brèves suivis de moments d'un silence presque pur, comme de longs blancs dans la conversation. La vie de mes voisins d'en face, attablés avec des amis autour d'un barbecue si j'en croyais l'odeur, me semblait, vue d'ici, la plus enviable des existences, le plus accompli des projets, et je me disais qu'il faudrait que nous aussi profitions de la douceur de l'air, que nous pourrions inviter Manu et sa femme. Mais nous n'avions pas encore de salon de jardin, nous n'avions rien qui ressemblait au moindre aménagement, et l'idée même de nous concentrer sur un repas à préparer me semblait impossible. J'ai bu une autre bière avant de rentrer et j'ai vérifié la fermeture des volets. J'en avais rêvé de fermer les volets, moment d'échappée où l'on peut accomplir aussi son tour dans le jardin, arroser les plantes dans leurs pots en méditant, parler seul face au ciel. Une ponctuation dans la journée finissante, récapitulation sans doute, dernier rituel avant la nuit. Mais l'envie n'était pas là, je verrouillai les battants sans aucun plaisir, mécaniquement, et espérai sombrer bientôt dans le sommeil.

Ma femme avait laissé sa lampe de chevet allumée, et elle reposait par-dessus le drap à cause de la chaleur, une chemise légère relevée sur les jambes. Je m'allongeai près d'elle sans l'effleurer, et au moment où je posais mes lèvres sur sa joue pour lui souhaiter bonne nuit, ma bouche s'approcha de son oreille puis de sa nuque et le contact de sa peau m'empêcha de m'interrompre. J'appuyai plus explicitement mes lèvres sur son cou, mouillai un peu mon baiser et je sentis que ma femme se raidissait, surprise par cet élan inattendu. Nous ne nous étions plus touchés depuis plusieurs semaines, amorçant l'un et l'autre un repli cruel dans nos coquilles sèches. Nous nous étions éloignés, puis égarés, chacun dans l'aridité de son monde intérieur, dans la traversée d'un désert sans mirage, loin, déconnectés, isolés au point de ne plus reconnaître l'autre, ni ses gestes ni son corps, ni la façon dont il bouge, non la présence de l'autre ne nous concernait plus, ne nous émouvait plus, ne nous dérangeait pas non plus, nous étions devenus invisibles. Nous avions dormi côte à côte pendant peut-être quarante nuits, nous avions étendu nos membres les uns près des autres comme des paquets de linge inertes, nous avions reposé ensemble mais séparés, regardant le plafond ou fermant les yeux, respirant en silence dans l'obscurité, trouvant un peu de réconfort dans le moelleux du matelas, les bras enlaçant parfois l'oreiller. Nous étions, ma femme et moi, devenus deux blocs distincts qui, le soir venu, affrontaient la nuit comme la dernière étape de la journée, l'ultime épreuve à franchir, avant de s'en remettre à l'oubli, deux masses de chair qui ne palpitaient plus mais espéraient se perdre dans l'opacité du sommeil. Nous n'étions plus des corps mais des amas de chair triste, d'étranges végétaux aux troncs calcinés par la foudre. Et là, ce qui arrivait nous dépassait, je sentais monter en moi une onde timide puis bientôt avide, que je ne cherchais pas à contenir, c'était comme un accident, une erreur de parcours que rien n'annonçait, une tentative peut-être de retour à l'étape précédente, pour ne pas mourir. J'eus l'impression que nous courions tous les risques et que quelque chose de précieux pouvait se briser, pouvait en une seconde se fracasser dans la moiteur de la chambre, je sus, quand je tendis le bras vers le bras de ma femme puis bientôt vers sa gorge, que le monde pouvait s'écrouler. Il fallait oser, il fallait être inconscient, ne pas penser, non, ne rien entrevoir, ne rien imaginer, simplement laisser nos muscles et notre sang redevenir vivants, nos mains, nos paupières, nos cuisses et nos colonnes vertébrales, il fallait finalement nous absenter vraiment pour que le désir réapparaisse enfin. Je ne vois que ce mot pour désigner ce qui s'emparait de moi, le désir, celui de respirer avec l'autre, me saisir de sa chaleur, chercher en lui ce qui manquait en moi, attraper ce qui frémissait sous la peau, et tout engloutir sans montrer trop de fougue. J'étais assis à côté de ma femme, j'avais remonté sa chemise et je voyais ses seins, et j'étais surpris moi-même de ce que j'étais capable d'accomplir, presque rien et pourtant quelque chose d'immense, je voyais ses seins sans tendre la main, j'entendais la respiration contenue de ma femme, ni affolée ni explicite, qui ne me guidait pas mais me laissait au contraire la responsabilité de tous mes gestes, et son absence d'encouragement, son apparente retenue dans les premières minutes ne permettaient aucun enchaînement logique, mais il n'y avait pas d'ordre pour le désir, pas d'avancée ni de suite programmée, juste une confusion qu'il fallait dompter au mieux, pour ne pas risquer de se perdre trop vite. Ma femme n'a pas bougé, simplement j'ai vu ses yeux se fermer, ce qui voulait dire peut-être qu'elle se déplaçait ailleurs, hors de la conscience qui nous aurait paralysés ce soir, elle fermait les yeux et s'en remettait à mon seul regard, et sa présence était ainsi plus forte, elle me laissait la rejoindre, emprunter le plus court chemin si je le voulais, et reprendre avec elle un dialogue interrompu bien avant l'été. J'ai senti sa peau sous ma paume, je me suis assis au-dessus d'elle avec l'envie de serrer son cou entre mes mains, pas trop fort mais avec suffisamment d'emprise pour qu'elle frissonne, pour que ses jambes et ses épaules bougent, j'ai eu envie d'une pression vive sur ses poignets. Je ne lui voulais aucun mal mais avais besoin d'inscrire mon empreinte sur son corps, de la brusquer un peu, de bouter hors de moi la violence qui m'habitait, alors mes gestes tendres se sont changés en attitudes presque brutales, disons que je restais en lisière de ce qui m'effrayait, puis je suis revenu à une étreinte plus douce, j'ai approché ma bouche de sa bouche, j'ai glissé mon bras sous son buste, j'ai laissé mon poids peser tout entier sur elle, et c'est là qu'elle a réagi vraiment, elle a posé les mains dans mon dos, me caressant en remontant jusqu'à la nuque, pressant les doigts à la base de mes cheveux, elle respirait sous moi, elle me donnait tous les signes de sa présence, et je sentais que nous serions bientôt ensemble à nouveau, que nous serions portés par toutes les sensations retrouvées que je n'osais plus appeler le plaisir tant il pouvait paraître inconvenant d'éprouver du plaisir pendant que notre enfant dormait à l'hôpital, mais nous avons poursuivi lentement, le plus aveuglément possible, et nous avons inventé une façon nouvelle de faire l'amour, entre l'exaltation et le désespoir, je ne saurais dire à quoi cela ressemblait, ce fut comme si c'était une dernière fois, un abandon d'une confiance totale, nous nous sommes noyés dans le désir partagé et notre jouissance était de celles qui font pleurer. Après que nous eûmes donné tous les signes de notre retour au monde, nous sommes restés allongés côte à côte, surpris de l'intensité de cet instant. Nous avons respiré, nous avons promené nos doigts sur le corps de l'autre, nous avons ouvert la fenêtre pour que l'air entre à nouveau dans la chambre, puis je me suis levé pour aller chercher de l'eau. Nous nous sommes retrouvés à moitié nus dans la cuisine obscure, espérant que Lisa ne choisirait pas ce moment pour sortir de sa chambre. Nous étions différents ce soir-là, quelque chose avait eu lieu, nous étions bien vivants, donc parfaitement vulnérables.

Le lendemain matin, j'ai accompagné ma femme au travail, et déjà dans la voiture elle me donnait des recommandations pour le retour de Mehdi comme si elle ne me jugeait pas capable de m'occuper seul de notre fils. Je la sentais tendue et le dossier Gueroui revenait sur le devant de la scène. Elle s'agitait sur le siège passager de la voiture et parlait sans s'arrêter, reprenant son emballement de la veille, alors que j'avais besoin de calme, pas encore tout à fait réveillé. Je me disais que nous avions l'un et l'autre vécu une nuit particulière, qu'il s'était passé quelque chose d'inattendu entre elle et moi, et pourtant elle était assise à mes côtés comme si de rien n'était, je ne percevais rien venant d'elle qui ne fût pas ordinaire et sérieux. J'aurais aimé un signe, j'aurais aimé qu'elle se souvienne. Nous aurions pu avoir des échanges plus doux, un timbre de voix plus ajusté, j'aurais aimé que ma femme me regarde, oui je crois que c'est ça, j'aurais aimé qu'elle me regarde et surtout qu'elle me voie, qu'elle me reconnaisse comme l'homme qu'elle a choisi, avec qui elle venait de faire l'amour, avec qui elle avait eu du plaisir, je peux bien le dire non ? Pourquoi faisait-elle semblant, alors qu'elle cherchait frénétiquement quelque chose au fond de son sac, d'être comme si rien n'avait eu lieu, comme si elle ne m'avait pas rendu fou avec son corps qu'elle avait caressé devant mes yeux, debout adossée contre le mur de notre chambre, comme si elle avait oublié la folie de sa respiration et la façon dont elle demandait : Viens encore ? Je ne comprenais pas qu'en si peu de temps on puisse basculer ainsi d'un état à l'autre, presque évanouie de désir puis soudain d'une maîtrise totale, quasiment inaccessible. Je me demandais si elle était bien la même personne, l'irréprochable secrétaire, l'employée zélée et celle que j'avais connue encore toute jeune, qui fuguait pour me rejoindre, s'échappait la nuit à l'insu de ses parents, la folle amoureuse qui montait à l'arrière de ma moto avant la naissance des enfants, celle qui n'avait peur de rien, ni de la vitesse ni de rouler sans casque, et qui vingt ans plus tard poussait des cris quand j'accélérais, celle qui riait avant quand je faisais l'imbécile et qui, une fois devenue mère, se mit à manquer de légèreté, était-ce bien la même, la femme si respectable qui n'osait pas poser de questions dans le bureau de Clavel ou celui du proviseur, la maman digne d'un enfant malade, la mère sévère qui empêchait Lisa de sortir le soir, au risque de faire régner à la maison une atmosphère des plus tendues ? Était-ce bien ma femme qui me serrait contre elle pendant la nuit et n'avait qu'un regard distant une fois le jour levé, une fois que nous étions l'un et l'autre repartis vers nos devoirs si lourds ? C'était la grande inconnue. Mais c'était une question qui semblait ne concerner que moi.

J'ai déposé ma femme devant la grille de son entreprise, il était pile sept heures, le soleil montait doucement au-dessus du parking où quelques voitures étaient déjà garées. Elle gravit l'escalier dans sa petite robe orange et la voir s'éloigner me fit quelque chose, j'aurais préféré qu'elle reste avec moi, je craignais d'être seul, je m'en rendis compte à cet instant, quand elle franchit les premières marches, je redoutais les heures qui arrivaient. Je serais avec Lisa certes, puis avec Mehdi, me disais-je, mais la présence des enfants n'était pas la même que celle de ma femme, les enfants me sollicitaient, me jaugeaient, il fallait une énergie très grande, il fallait savoir leur parler. J'avais l'impression, avec eux, de n'être jamais totalement moi-même, de chercher une justesse que je ne trouvais pas. Oui, on peut se sentir très seul avec des enfants, surtout si on a peur pour eux.

Quand je suis arrivé à la maison, Lisa, que j'imaginais en train de prendre son petit déjeuner, dormait encore et cela me contraria. Je frappai à la porte de sa chambre, puis frappai encore, et, à force d'insistance, finis par la décider à se lever. Il fallut ensuite la presser, pour qu'elle prenne sa douche, qu'elle se bouge enfin et comprenne qu'elle allait nous mettre en retard. Sa nonchalance me déconcertait, je me demandais si elle faisait exprès ce matin-là d'être aussi peu vive et de se sentir, en apparence, aussi peu concernée. Je me retenais de ne pas céder à la tentation de lui jeter quelques remarques qui me taraudaient, je me retenais et tournais dans la maison comme une bête, pendant que je l'entendais finir de se sécher les cheveux derrière la porte de la salle de bains. Je savais que, si elle n'était pas sortie dans cinq minutes et si elle entreprenait de se maquiller, là j'exploserais, je savais que, si en sortant elle n'avait pas encore choisi le tee-shirt qui va avec le jean, je la hacherais en morceaux. Aussi, je pris le parti de rester silencieux quoi qu'il arrive, de demeurer le plus muet des hommes, de ravaler l'impatience qui s'emparait de moi, et j'entrepris de me préparer un café pour faire diversion. Puis, comme elle n'apparaissait toujours pas, je respirai à pleins poumons en faisant les cent pas entre la porte d'entrée de la maison et la voiture garée à vingt mètres. Elle finit par me rejoindre alors que j'étais déjà au volant, prêt à passer la première, mais une fois arrivée à ma hauteur, elle me dit d'un air tout à fait décontracté qu'elle ne trouvait pas ses clés, qu'elle devait encore aller les chercher. J'ai commencé à soupirer très fort, mais heureusement elle avait déjà tourné le dos. Et là j'ai gueulé dans la voiture, tout seul, j'ai poussé un cri pas très beau, et quand j'ai vu mon visage dans le rétroviseur, j'ai eu pitié de ce que j'étais en train de devenir, je n'ai pas compris comment, en quelques heures, j'avais pu descendre si bas.

Nous nous sommes annoncés dans le hall de l'hôpital et avons monté les escaliers avec appréhension mais portés par l'élan de retrouver Mehdi, par la joie réelle de le serrer contre soi. La porte de la chambre était fermée, ce qui ne signifiait rien de particulier, c'était juste un petit barrage qu'il fallait franchir, une nouvelle frontière à passer. Lisa a ouvert doucement, m'a entraîné à l'intérieur en me tenant le bras. Mehdi était allongé les yeux fermés dans une atmosphère paisible et un peu solennelle, seul dans la pénombre, et nous n'avons rien osé dire, nous nous sommes figés, nous interdisant de penser. Quand nous avons eu confirmation que c'était bien sa respiration qui soulevait le drap, nos nerfs se sont détendus.

Lisa qui pénétrait ici pour la première fois fit une rapide inspection des lieux. Puis elle s'approcha de son frère, soupira comme pour signifier sa déception et commença à tourner en rond d'une façon agaçante, baissant la tête pour que son regard échappe au mien. La porte s'ouvrit sur Vera, qui fut d'une amabilité appuyée, ferme et presque gaie, et j'aimais dans l'instant sa présence efficace, ni rêche ni mielleuse, une attitude qui secoue et combat une possible complaisance. Elle ouvrit le rideau à moitié, annonça qu'elle allait réveiller Mehdi et nous demanda de quitter la chambre, prétextant qu'elle avait quelques formalités à accomplir. Nous pourrions revenir dans un moment. Et là, un peu bêtement, nous avons obéi, nous sommes sortis, nous autres le père et la sœur de Mehdi, nous nous sommes dirigés vers le couloir sans oser le moindre commentaire, sans même imaginer la possibilité d'une question, nous nous sommes gentiment laissé évincer, nous qui ne connaissions pas les codes du protocole de soins, nous avons accédé à la requête de Vera, conscients que nous n'étions sans doute pas à notre place, piteux peut-être de nous laisser virer aussi facilement, mais tout de même soulagés de ne pas être les témoins de ce qui allait avoir lieu dans la chambre. Chacun son rôle, je pensais pour me dédouaner, celui des parents n'était pas de soigner, on ne pouvait être à la fois le père et le docteur, et c'est bien ce qui me désolait, j'avais l'intuition que mon fils ne m'appartiendrait bientôt plus, que peu à peu il allait m'être retiré. Nous avons refermé la porte derrière nous, après avoir jeté un dernier coup d'œil à Mehdi qui dormait toujours calmement, et nous n'avions pas même parcouru deux mètres dans le couloir que Lisa me fit une suite de reproches vifs, Lisa se planta face à moi et laissa violemment échapper sa désapprobation. Comment se faisait-il, au moment où Mehdi avait le plus besoin de nous, que nous restions planqués lâchement derrière la porte ? La réaction de Lisa m'énerva et me rassura à la fois, même si je me devais de calmer sa fougue. Elle sortait enfin de sa torpeur, exprimait enfin ce qu'elle ressentait, cela faisait du bien que quelqu'un rompe le silence, cela nous bousculait, nous obligeait à parler, c'était comme si Lisa avait ouvert grand la fenêtre et permis à l'air d'entrer à nouveau. Lisa était impatiente et maladroite, elle appuyait là où ça faisait mal, elle n'avait aucune intention de me ménager ni de s'épargner elle-même, elle allait droit devant et me livrait sa révolte légitime. Lisa voulait que je cesse de subir sans broncher, elle ne pouvait admettre, à son âge, que je m'efface devant une infirmière qui nous interdisait de rester près de Mehdi. Quand nous sommes entrés dans la chambre, Mehdi vomissait, soutenu par Vera qui espérait nous épargner cet épisode. Nous sommes restés adossés au mur, muets et immobiles, encore vierges et ignorants de ce qui nous attendait.

Après, Lisa a su faire tout ce qu'il fallait, c'est elle qui a foncé sur son frère, l'a aidé à s'habiller en l'entourant d'une douceur nouvelle. C'est elle qui a pris la situation en main avec une aisance joyeuse et a veillé à ce que Mehdi n'oublie pas *Robinson Crusoé* posé sur sa table de nuit.

Nous devions encore rencontrer Clavel, et ce rendez-vous était l'étape la plus risquée de la matinée, le passage obligé qui allait donner le ton, j'imaginais, de notre vie future. Il nous a reçus tous les trois dans son cabinet sombre, les cernes sous ses yeux se creusaient, à moins que ce ne fût la lumière diffusée par sa lampe de bureau qui donnait cette impression. Il s'est d'abord adressé à Mehdi et j'ai compris qu'entre les deux quelque chose existait, qui semblait fort et assez troublant. Puis Clavel a fait quelques phrases à mon adresse, directes et d'une voix très calme. Tout se déroulait au mieux dans le contexte de la maladie, c'est à peu près ce qu'il a dit si je me souviens bien, Mehdi semblait supporter correctement le traitement, c'était très encourageant. C'est le mot *correctement* que j'ai retenu, je ne sais pas pourquoi mais ce nouvel entretien s'était résumé à cet adverbe bien charpenté. Clavel avait confirmé que le retour de Mehdi à l'hôpital se ferait dans trois semaines, ce qu'il avait estimé la fois précédente. Il nous a donné quelques recommandations pour la vie à la maison, des conseils assez logiques. Clavel nous a invités à le joindre quand nous le souhaiterions, c'est-à-dire au moindre doute. Il a insisté : nous ne devions pas hésiter. Mais déjà j'hésitais, là, tout de suite dans son bureau, j'hésitais à lui confier que j'étais perdu, même si personne ne s'en rendait compte, m'échappait la vue d'ensemble de la situation, la chronologie qui nous attendait, je veux dire à une échelle plus large, je n'avais pas idée du chemin à parcourir, durerait-il trois mois ou trois ans, étions-nous embarqués pour la vie entière ? C'est cela que je ressentais assis face à Clavel, qui me regardait aimablement, c'est cette absence de repères qui m'empêchait de comprendre tout à fait ce qu'il m'expliquait, je ne savais comment me situer, j'évoluais comme dans une maquette sans en connaître les dimensions. Je n'ai rien demandé de plus, ce qui se passerait pour la rentrée des classes par exemple, j'ai compris instinctivement que ce genre de question n'avait pas de réponse, qu'on était ailleurs, qu'on allait procéder par petites touches, étape par étape, et que l'avenir dans son ensemble ne signifiait plus rien. J'ai intégré que la tranche qui nous était confiée était de trois semaines, c'était à nous d'aménager cet espace, de nous en saisir et d'en faire quelque chose de bien. Nous allions devoir nous familiariser avec un temps nouveau, morcelé, découpé, réduit à de petites cases à notre portée.

L'été s'installait, assez insistant cette année-là, et le fait de vivre dans une maison plutôt qu'en appartement l'avait rendu bien réel. Ce que j'aimais, était prendre mon petit déjeuner devant la fenêtre ouverte de la cuisine, boire mon café en me laissant absorber par le feuillage des tilleuls alors que je n'étais pas bien réveillé. Pendant ce temps, ma femme se préparait pour aller travailler, sans faire de bruit pour ne pas réveiller les enfants. Une fois qu'elle avait démarré la voiture et que je l'entendais s'éloigner, je restais encore assis longtemps à la table, me refaisais un café, je demeurais là immobile, ne sachant comment commencer la journée. J'appréhendais le réveil de Mehdi, je ne savais comment il serait. Pâle c'était certain, son visage avait changé, son regard surtout, peut-être plus brillant, comme habité par la fièvre, et des gestes nouveaux étaient apparus, il se frottait souvent à la base de la nuque, je ne suis pas sûr qu'il le faisait avant. Je ne me souvenais pas exactement, je faisais des efforts mais ma mémoire refusait de fonctionner. J'avais oublié à quel moment nous avions repéré les premiers signes, ça me paraît incroyable mais c'est la vérité, j'avais oublié. Bon, j'étais là dans la cuisine à ne savoir que faire, mon café avait refroidi au fond du bol, il n'y avait aucun bruit dans la maison et la chaleur s'annonçait déjà implacable. Je ne parvenais pas à entrer dans mon rôle, celui d'un père qui doit s'occuper de ses enfants. C'était nouveau, et la répétition des jours qui m'attendait me perturbait, je savais que je ne pourrais pas imaginer grand-chose avec Mehdi, ni vélo, ni balades, ni parties de foot, il faudrait que j'aie pas mal d'inspiration.

Mehdi ne se levait pas, aussi j'ai fini par entrer dans sa chambre sans faire de bruit. J'étais allé plusieurs fois pousser la porte pour vérifier je ne sais quoi. Et puis je m'étais raisonné, j'étais retourné dans la cuisine, me persuadant que la situation était normale, que je ne devais pas m'affoler au moindre signe. C'était bien mon problème, je ne savais plus ce qui était normal, ce qui était suspect. Je ne savais pas comment être avec Mehdi, le traiter comme un enfant malade, ou le considérer simplement comme un enfant en vacances. Je n'avais pas encore adapté mon rythme au sien et, ce matin-là, la tête me tournait. Je pensais que c'était la faute de la chaleur et du vent du sud qui bruissait fort dans les arbres. Je n'aimais pas ce souffle tiède qui soulevait une terre sèche, faisait claquer portes et fenêtres et s'entêtait pendant plusieurs journées jusqu'à ce que la pluie arrive. Je sentais que le vent montait en puissance alors que tout était calme une heure plus tôt, et que nous ne pourrions peut-être pas sortir, qu'il faudrait lutter contre les rafales si ça continuait. Je suis entré dans la chambre de Mehdi, il ne dormait pas mais restait couché. J'ai demandé si ça allait, comme ça, d'une voix que je voulais neutre, j'ai demandé si je pouvais ouvrir les volets. J'ai fait entrer la lumière dans la chambre et l'air s'est engouffré, comme une bouffée. Les cheveux de Mehdi étaient collés sur son front en sueur, je me suis approché et j'ai dit qu'on allait profiter de cette journée, c'était bête d'annoncer ça mais je le pensais vraiment, on allait essayer de réussir quelque chose. Mehdi s'est levé et nous sommes partis tous les deux vers la cuisine, il fallait qu'il mange. Ma femme me l'avait répété plusieurs fois, je devais veiller à ce que Mehdi s'alimente, et nous en étions là de notre premier matin, tous les deux, ma mission commençait. Alors j'ai énuméré : Œuf à la coque, tartines, yaourt, confiture, Nutella, jambon peut-être, un fruit, quelque chose de frais, une boisson chaude, gâteaux secs, fromage blanc, du miel sur du pain, quelque chose te fait envie Mehdi ? La réponse tardait, je le sentais hésiter, réfléchir, renoncer, tenter une parole, il ne semblait pas concerné, manger pouvait sans doute attendre, il avait les cheveux un peu trop longs, qui le gênaient devant les yeux. Au lieu de parler j'allais agir, j'ai mis sur la table ce que contenait le réfrigérateur, les aliments à portée de main, il n'y avait qu'à se servir, confiture de myrtilles, compote de pommes, jus d'orange et j'ai fait griller du pain, pour l'odeur, pour le mouvement, puis, afin d'encourager Mehdi, j'ai dit que j'allais manger avec lui. La méthode était ridicule quand j'y repense, mais j'avais un but, je voulais que Mehdi avale quelques bouchées, c'était mon ambition de la matinée, et d'un coup tous mes gestes s'étaient tendus vers cet objectif, mes nerfs, ma respiration, mes cordes vocales, tout en moi convergeait, je pouvais tout entreprendre, la torpeur qui me paralysait quelques minutes plus tôt avait disparu. Et en même temps, c'était comme si je devenais fou, je sentais bien que ce n'était pas normal que je vide les placards sur la table, je ne le savais pas encore mais j'étais en train de me soumettre totalement, je perdais le sens des choses, gagné par des obsessions nouvelles.

Des masses de nuages lourds arrivaient du sud en rangs serrés. J'avais fermé les portes et les fenêtres, plus rien ne claquait mais les assauts du vent contre la maison étaient menaçants, on aurait dit que la toiture allait s'envoler. Nous étions malgré tout à l'abri, protégés, et cette sensation était douce. Le temps ne passait pas, il faisait chaud. Depuis que Mehdi lisait *Robinson Crusoé*, il parlait comme Vendredi, et s'adressait à sa sœur en de petites phrases énoncées à la manière du sauvage, Toi laisser ordinateur à moi ou le rituel *Quand même grand souffler vent*. Je les entendais parfois échanger quelques mots, puis une succession de cris, après c'était un silence assez long, décevant, un silence qui disait l'ennui, mais qu'aurions-nous pu faire ? Demain, ma femme devait me laisser la voiture et nous irions au magasin pour acheter du bois, du papier de verre et de la peinture. J'ai fini par me lever et je me suis accroupi dans toutes les pièces, j'ai noté les cotes sur une nouvelle feuille, parce que l'autre, impossible de la retrouver. Puis Mehdi a voulu m'aider. C'est lui qui a tenu le mètre bien plaqué contre le sol de sa chambre et celui du couloir, ça a duré quelques minutes et j'étais heureux comme s'il avait accompli une prouesse, je me disais que tout allait bien puisqu'il pouvait bouger normalement, marcher en canard, et se concentrer pour prendre des mesures, je me rassurais comme je pouvais, oui je me disais que tout fonctionnait finalement, son corps et son cerveau. C'est à ce genre de signes que je me raccrochais pour évaluer le mal dont souffrait Mehdi, je n'avais aucune idée de la façon dont il allait être diminué, s'il allait chuter d'un coup ou s'il ferait l'objet d'une lente perte de ses facultés, si au contraire rien n'apparaîtrait, rien n'arriverait jamais. Je ne connaissais que la litanie des symptômes qui accompagnent la maladie, pour l'avoir consultée dix fois sur le poste Internet de l'imprimerie, dans le bureau de José. Ces termes, je ne pouvais plus les supporter, mais heureusement ils ne semblaient pas tous concerner Mehdi, ils n'étaient pour l'instant que des hypothèses. Et je balayais de ma pensée cette folie de mots, je finissais par les oublier quand je voyais Mehdi plutôt calme et efficace, je repoussais loin de moi cette tempête de probabilités quand il se battait avec sa sœur pour avoir l'ordinateur, je me disais que mon garçon allait bien même s'il devenait parfois pénible et presque capricieux.

Le deuxième jour, les nuages bas avaient fini par crever et il fallait allumer à la maison tant le ciel était sombre. Je savais que ce jour-là nous aurions un programme, nous ne resterions pas comme la veille dans le flottement d'heures molles et décevantes. J'ai laissé les enfants aller à leur rythme le matin, puis, après le repas de midi, j'ai recherché le papier avec les mesures et les pots de peinture jaune que finalement je voulais échanger. Nous avons roulé sous la pluie battante, avec les phares et les essuie-glaces, tous les trois réfugiés dans la voiture, et nous nous sommes garés sur le parking du magasin de matériaux, aussi encombré que si la ville entière avait décidé de refaire sa cuisine. Au moment de courir entre les gouttes, j'ai vu que Mehdi peinait. Je l'ai rejoint et j'ai parcouru avec lui les derniers mètres avant de le faire asseoir au sec à l'entrée du magasin. Je ne me suis pas appesanti, j'ai pris les choses à la rigolade pour alléger l'ambiance, j'ai dit que c'était normal, avec le traitement, qu'il soit un peu faible, j'ai dit que c'était la moindre des choses, avec ce qu'on lui avait injecté dans les veines. Mais en fait j'inventais parce que je n'en savais rien. Après nous avons marché doucement dans les travées du magasin, à la recherche des plinthes, et nous avons fait toutes sortes de calculs pour savoir combien de bouts de bois de deux mètres il nous faudrait, nous demandant ensuite si nous devions les choisir larges ou étroites, déjà peintes ou à laquer, et nous sommes restés bien plus longtemps que prévu à hésiter. À dire vrai, ça m'était égal, mais à tout prendre, je préférais être là à réfléchir sur des détails sans importance que seul à la maison avec les enfants.

Je n'avais pas pensé qu'il fallait prévoir les découpes dans les angles et donc acheter une boîte à onglets. Et ceci ajouté à cela, ça finissait par faire une sacrée note, sans compter que le bois, ça n'était pas donné. Je regrettais pour les finitions à faire moi-même, quel crétin j'avais été. Nous sommes passés près du rayon salons de jardin et je me suis souvenu que j'aurais bien aimé inviter Manu, j'aurais voulu que nous ayons au moins une visite à la maison, quelqu'un qui habite un peu les lieux, qui s'assoie à notre table et mange dans nos assiettes. J'ai tourné autour des chaises de plastique blanc, je ne savais combien je devais en prendre, quatre ou six, mais j'ai réalisé in extremis qu'avec les enfants dans la voiture je ne pourrais pas tout emporter. Et puis, je voulais quand même l'avis de ma femme. La dernière épreuve nous attendait sur le parking, sous la pluie battante, il fallait encore faire tenir dans la voiture les plinthes qui ne rentraient qu'en laissant le coffre ouvert et venaient me gêner pile sur le levier de vitesse. Je n'avais pas anticipé, aussi je n'avais rien pour maintenir le coffre. J'ai installé les enfants à l'intérieur, je suis retourné dans le magasin à la recherche de sangles et j'ai refait la queue aux caisses. Après j'ai fixé tout ça pendant que Lisa, assise sur le siège avant, avait mis la musique à fond et que Mehdi patientait à l'arrière. J'ai roulé doucement sous la pluie qui tombait toujours serré, et quand j'ai déchargé les plinthes, j'ai eu le sentiment que ce que je craignais était en train de se produire. Depuis le matin, je n'avais éprouvé aucun plaisir, à aucun moment, et cela je l'avais déjà ressenti les jours précédents, c'est ce que je me disais, j'avais l'impression d'agir par devoir, uniquement parce qu'il le fallait, et tout me coûtait, tout était devenu pesant et compliqué, ce n'était pas mon énergie et mon enthousiasme qui me tiraient, comme avant, ce n'était pas la tendresse que j'éprouvais pour mes enfants, non, mes journées étaient comme des sacs emplis de gravats, que je devais soulever, et j'attendais que le soir arrive pour poser mes sacs et m'endormir.

C'était différent le soir où Manu était venu, j'étais allé faire les courses et avais choisi du bon vin, je savais qu'un viognier serait parfait pour l'apéritif, je n'avais pas lésiné sur le prix, je me disais que nous avions droit à une petite compensation. Recevoir Manu était un événement, c'était la première fois qu'un ami visitait notre maison et j'étais assez fier de les guider, lui et sa femme, de pièce en pièce, apportant des commentaires à chaque nouveau pas, exagérant un peu l'ampleur des travaux à venir, en profitant pour laisser galoper mon imagination. Je savais que je ne réaliserais pas la moitié de ce que j'annonçais mais le fait de parler des aménagements redonnait un peu d'élan à mon existence soudain rétrécie. Ma femme nous suivait aussi, ajoutant le plus souvent ses paroles aux miennes, elle tempérait, rectifiait, modifiait en toute honnêteté, guidée par un devoir de modestie, et son manque de fantaisie m'avait vite agacé. J'aurais aimé qu'elle appuie mes propositions débridées, qu'elle ajoute ses fantasmes aux miens, libérés il est vrai par les trois tournées de vin blanc que nous venions de prendre sur la terrasse, assis dans le salon de jardin que nous étrennions pour l'occasion. Mais ma femme n'avait pas bu de viognier, qu'elle avait remplacé par un genre de diabolo fraise, boisson qu'elle avait partagée avec les enfants. Alors il est sûr que le petit défilé bruyant auquel elle participait dans la maison puis aux quatre coins du terrain ne la mettait pas dans la même humeur légère que ceux qui avaient éclusé quelques blancs. Elle aurait pu faire un effort pour se mettre à notre niveau, je me souviens que je lui en avais voulu de toujours vouloir maîtriser la situation, de donner d'elle une image d'épouse responsable, qui ne s'autorise pas une entorse en des temps aussi incertains. Sa seule folie était les cacahuètes et encore elle disait toutes les deux minutes qu'il fallait lui ôter le ramequin de sous les yeux. Ma femme mangeait des cacahuètes en ayant la conviction de transgresser, c'est dire à quel point nous étions loin de nous sentir libres ce soir-là. Nous étions comme observés, mais Manu, sa femme et moi avons suivi notre pente, nous étions juste contents d'être là, ensemble un soir d'été, décontractés enfin, alors nous avons profité de tout, la chaleur, le vin débouché plus d'une fois, les bonnes blagues de Manu, les histoires de l'imprimerie qui toujours tiennent en haleine, étant donné que Manu est au syndicat et en sait plus que tout le monde sur la vérité des choses. Les enfants de Manu ont joué avec les nôtres, à l'intérieur, ils ont regardé un DVD dans le salon, puis se sont lassés et ont fini dans la chambre de Lisa devant son ordinateur, pendant que les femmes trouvaient à redire sur les risques que couraient les plus jeunes face à Internet. C'est là que Manu avait posé la question pour Mehdi, in extremis, il était presque minuit, et contrairement à toute attente, au lieu de botter en touche, j'avais dit l'exacte situation et la réalité de mon inquiétude, si bien que ma femme avait semblé tomber des nues, elle m'entendait parler de moi comme si c'était la première fois et elle restait muette, là sur la terrasse, accoudée à la table de plastique achetée la veille, alors que chacun avait enfilé une petite veste à cause de l'humidité montante, ma femme m'écoutait parler, contrariée devant mon impudeur, et je ne m'arrêtais pas, je m'embarquais dans un long monologue que le vin sans doute étoffait, j'avais repris les événements depuis le début, et l'enchaînement des faits tels que je les présentais était assez dérangeant, et en même temps que je déroulais ces vérités que nul ne voulait entendre, je me reprochais de prendre en otage le plus cher de mes copains, j'avais vaguement conscience en prononçant certains mots que ces choses-là ne se disaient pas, ou du moins pas comme ça, un soir d'été autour d'une table garnie de desserts confectionnés maison, une tarte aux abricots et une salade de fruits, ces choses au contraire devaient rester enfouies parce que personne n'y pouvait rien changer, ni une pétition, ni une manifestation, ni même une grève, il n'y avait rien à faire, la maladie ce n'était pas comme la guerre ou les licenciements, on ne pouvait pas l'éviter, en tout cas pas celle de Mehdi, il n'y avait pas de combat à mener, alors comment en faire une affaire collective, quand chacun pense que ça n'arrive qu'aux autres, espère que ça tombera chez le voisin. Je sentais bien que là, autour de la table, moi seul pouvais prendre la parole parce qu'en face nul ne pouvait rien proposer, et l'impuissance dans laquelle je plongeais Manu et sa femme me fit bientôt honte, j'avais dépassé les bornes, je les avais embarqués malgré moi dans une zone dont il était impossible de s'extraire. Manu, comme il en avait le secret, trouva tout de même une issue et nous demanda simplement comment il pouvait nous aider. Ma femme le remercia et remua la tête pour décliner, évidemment elle ne supportait pas qu'on l'aide, ni même qu'on s'intéresse à elle. Moi, après avoir rempli les verres à nouveau, je dis que j'allais réfléchir, parce que c'était la première fois que quelqu'un me faisait une telle proposition. Et une proposition de Manu ça ne se refusait pas. Après nous avons fait encore un tour sur le terrain, considérant la rivière qui filait en bouillonnant dans le noir, trinquant une dernière fois, riant je me souviens quand j'évoquai le potager qu'un jour je planterais et la cabane que je devais construire pour ranger les outils. Puis Manu, sa femme et ses enfants sont partis et nous avons rangé ce qui traînait encore sur la table de jardin. Nous nous sommes un peu accrochés ma femme et moi à cause de la vaisselle qu'elle voulait faire sans attendre, alors que je l'encourageais à laisser tomber pour ce soir. Nous nous sommes couchés avec cette histoire de vaisselle en tête, et vu ce qui s'était passé avec Manu, c'était vraiment du gâchis.

La vie avec Mehdi se révélait moins difficile que ce que j'avais d'abord imaginé. Nous avions pris l'habitude de nous lever de plus en plus tard, de laisser filer le temps sans nous précipiter. Mehdi restait en pyjama longtemps, ce que je n'aimais pas, mais comme Lisa faisait la même chose, je m'étais décrispé et j'avais fini par admettre que les vacances étaient faites pour vivre autrement. Je profitais du fait que ma femme soit au travail pour que les angles soient plus doux et les conventions reléguées à d'autres moments. Mehdi passait une partie de la matinée dans la chambre de sa sœur et tous deux vivaient comme au ralenti, des écouteurs sur les oreilles ou les yeux rivés à l'écran d'ordinateur. Je leur demandais seulement d'ouvrir la fenêtre, ce qui ne leur venait jamais à l'esprit. La lumière ne les attirait pas, c'est tout juste s'ils envisageaient la différence entre dedans et dehors. Ils restaient blottis dans une chambre de onze mètres carrés, sans faire le lit, sans ranger les vêtements étalés par terre. Le désordre ne les gênait pas, ils s'y sentaient au contraire à leur aise, en terrain familier, on aurait dit des animaux dans leur panier, surtout Mehdi allongé sur des draps défaits. Il poursuivait sa lecture de *Robinson* et, comme lui, il avait établi une liste avec deux colonnes, celles du bien et du mal, et il faisait le compte de ses bonheurs et de ses malheurs, espérant arriver à la conclusion qu'il n'était ni débiteur ni créancier, exactement comme en avait décidé Robinson, qui relativisait ainsi son inconfort et sa solitude. Lisa ne croyait pas à cet exercice pour simples d'esprit, et disait que Robinson sur son île était un peu demeuré. Mais la minute d'après, curieuse de faire l'expérience, elle dressait elle aussi l'inventaire des choses jolies et moches qu'elle vivait.

C'était à peu près le programme de ces journées de juillet, et pendant que Mehdi prenait sa douche et mettait du gel dans ses cheveux, je cuisinais des plats appétissants quoique assez répétitifs. J'étais bien avec les enfants dans la cuisine, presque serein. C'est juste après le repas que je mollissais, je le savais mais ne pouvais pas empêcher la lame qui viendrait me cueillir. Le plus souvent, je m'allongeais sur le canapé du salon et sombrais dans un somme, luttant un peu puis m'abandonnant pour de bon. Au milieu de l'après-midi, je commençais à me raidir. Je voulais que les enfants sortent de leurs chambres, s'extraient de leurs écrans et de leurs écouteurs, je voulais qu'ils découvrent le monde, qu'ils apprennent des choses, mais ils n'avaient aucune envie de se bouger. Au moment où le soleil tapait moins fort et où nous aurions pu sortir sans transpirer, ma femme rentrait du travail et n'avait qu'une envie, boire un grand verre de limonade bien fraîche et se laisser tomber dans un fauteuil. Ces premiers jours, je ne m'étais pas tout à fait senti à la hauteur avec les enfants, je n'avais fait que remettre au lendemain.

Mehdi réclamait un animal. Alors qu'il avait passé quelques journées sans réelle façon d'occuper son esprit à part la présence de Robinson, il avait sans doute senti apparaître un manque. Les enfants avaient déjà demandé un chat quand nous habitions notre appartement, mais nous avions opposé toutes sortes de raisons pour justifier notre refus. Las de ces échanges, nous avions conclu, ma femme et moi, que nous en reparlerions si un jour nous avions une maison. Ce jour était venu, alors nous avions dit : Pourquoi pas, nous avions ajouté : Il faut voir, et puis : On va y penser. Mais ces fausses réponses n'avaient pas convaincu Mehdi qui, je m'en souviens nettement, avait passé la tête un soir au coucher dans l'encadrement de la porte du salon, seulement vêtu de son slip, petit garçon friable, alors que ma femme et moi regardions la télévision, il avait dit, en se dandinant, que ce serait bien de ne pas s'endormir tout seul, qu'avec un chat il aurait moins peur. Ma femme et moi n'avions rien montré, nous contentant de nous redresser sur le canapé mais une onde mauvaise nous avait attaqués. Ma femme s'était levée et avait accompagné Mehdi jusqu'à sa chambre, elle était restée avec lui longtemps pendant que je demeurais un peu sonné devant la télévision et qu'aucune des paroles prononcées par les protagonistes du polar assez mou que nous regardions ne parvenait plus à mon cerveau. J'étais resté là sans bouger, assommé sur le canapé, fixant les personnages du film comme s'ils n'étaient que des taches de couleur abstraites et comme s'ils parlaient d'un coup une langue étrangère. Mais l'épisode du chat, le moment précis où Mehdi avait mis dans la balance l'animal domestique contre sa peur, avait commencé à nous entraîner sur un territoire que je n'aimais pas. J'avais l'impression que la maladie s'imposait de façon malhonnête, par un biais que nul ne pouvait combattre. Insidieusement, elle allait se répandre de la pire des façons, non seulement elle soumettrait Mehdi et nous tous à un rythme de vie de plus en plus anarchique mais elle modifierait la relation que nous avions avec lui, nous empêchant de nous comporter comme des parents.

Après sa nouvelle hospitalisation et les quelques jours qui avaient suivi, Mehdi avait retrouvé plus de fermeté dans la voix et de sûreté dans l'allure. Je le sentais moins vulnérable. La tige longiligne qu'il devenait ne s'était pas fragilisée, non, j'avais l'impression que sa cage thoracique respirait mieux. Sa démarche était moins hésitante. J'ai cru un moment que j'avais devant moi le Mehdi d'avant, le garçon qui était le mien et qui avait grandi si vite. Alors j'ai ouvert les portes de la maison et je l'ai entraîné dehors, j'ai été, pendant quelques jours, happé par l'illusion de le retrouver intact, et j'ai voulu retrouver aussi la simplicité d'une relation entre nous deux. J'ai profité de l'absence de Lisa pour proposer à Mehdi d'aller marcher le long de la rivière, depuis que j'avais découvert cet endroit, je n'avais eu de cesse de vouloir y retourner. J'ai préparé un sac avec de l'eau et de quoi goûter, une casquette et de la crème solaire pour Mehdi, que je devais protéger de toutes les agressions. Un vent léger faisait frémir le champ de maïs que nous longions derrière la maison et nous permettait d'avancer sans nous sentir trop pesants. Nous marchions côte à côte à une allure très douce, sur un chemin sans risque, les lieux étaient déserts et nous ne parlions pas. Je surveillais Mehdi, bien sûr, j'avais cette obsession qui toujours m'habitait, de traquer le moindre signe qui viendrait révéler que l'amélioration de son état n'était que passagère. J'observais Mehdi mais rien ne me parvenait qui aurait pu m'alerter. Il semblait concentré sur son pas, aspiré sans doute par son monde intérieur, un mystère. Il ne commentait jamais ce qu'il voyait (je dois reconnaître que les premiers cent mètres étaient assez monotones) et j'ai eu peur qu'il marche simplement pour me faire plaisir. J'aurais voulu qu'il soit heureux d'être là, j'aurais aimé qu'il se sente bien sur ce chemin, avec moi. Mais j'ignorais ce que Mehdi avait dans la tête. J'ai pensé tout à coup qu'il aurait préféré passer ses journées avec un copain, je me disais en marchant que nous pourrions inviter Antoine Loiseau à la maison et je m'en voulais de ne pas y avoir pensé plus tôt. Je me demandais aussi pourquoi Mehdi n'avait pas réclamé, se sentait-il différent au point de ne pas supporter la présence d'un copain ? Le chemin bifurquait sur la gauche et descendait en se resserrant sous les arbres, il fallait veiller à ne pas rouler sur les pierres qui dévalaient dans la poussière au moindre faux pas. Mehdi avait soif puis voulut bientôt faire une pause. Après, la promenade devenait plus agréable, on sentait la présence de l'eau qui délimitait le fond d'un pré où paissaient des vaches. Nous pouvions porter notre vue plus loin mais le soleil tapait directement sur nos têtes, il fallait traverser sans traîner. J'ai aperçu au loin la ferme devant laquelle j'étais passé le soir où j'avais quitté la maison, je ne comprenais pas comment je m'étais retrouvé si près, j'avais dû prendre un autre chemin. Nous sommes arrivés à la rivière et nous nous sommes assis à l'endroit où j'étais resté à jeter des cailloux sous la lune. J'ai mis la bouteille à refroidir dans l'eau et j'ai dit à Mehdi : Pas mal hein ? Puis j'ai ajouté : Si tu veux tremper les pieds. Mehdi est resté assis sur le bord, les genoux entre les bras. Je voulais qu'il enlève ses chaussures, on était quand même au cœur de l'été. Mais Mehdi n'aimait pas l'eau, pas moyen de le faire approcher. Je n'ai jamais su à quoi tenait cette phobie, ni de quand elle datait. Je me souviens que la première fois que nous étions allés à la mer, Mehdi devait avoir cinq ans, nous avions réservé un mobile home dans un camping sous les pins et la plage était juste en dessous, il suffisait de descendre à pied. Nous imaginions des vacances idéales, avec les enfants occupés à sauter dans les vagues, nous avions acheté des bouées, des seaux et un matelas pneumatique. Lisa jouait dans l'eau une partie de la journée, elle avait commencé à apprendre à nager. Mehdi s'était mis à pleurer dès le premier contact avec la mer, ma femme le portait dans ses bras, et chaque fois que les pieds de Mehdi effleuraient l'eau, il était tétanisé. Puis il avait refusé d'enlever ses chaussures les jours suivants et la semaine s'était déroulée tristement, Lisa tentant seule de réaliser des brasses parfaites, et Mehdi assis, raide et buté sous le parasol. Me revenaient ces images de Mehdi avec son visage fermé, qui avait même renoncé à faire des châteaux de sable, et nous n'avions pas compris ce qui, sur la plage, l'avait effrayé.

Nous étions assis l'un près de l'autre au bord de la rivière et déjà je sortais le goûter pour avoir quelque chose à faire. Puis je me suis levé et j'ai choisi des cailloux plats pour faire des ricochets. Là, Mehdi m'a suivi et nous avons lancé nos cailloux à la surface de l'eau, moi plutôt virtuose et lui assez maladroit, mais la rivière était étroite et nos ricochets atteignaient tout de suite la rive opposée. Mehdi restait debout, très concentré, et nos lancers étaient comme des paroles muettes, tentant d'atteindre une cible imaginaire. Mehdi a fini par se lasser et a visé une libellule, puis une autre, et le jeu s'est changé en une proposition de massacre. J'ai été obligé de lui dire d'arrêter, j'ai même haussé le ton, mais au fond de moi, ses gestes me rassuraient, ils me prouvaient que Mehdi semblait redevenu un garçon comme les autres, prêt à mettre en œuvre sa force destructrice. Nous avons encore traîné et, au moment de récupérer la bouteille d'eau, nous avons constaté que le courant l'avait emportée. J'ai suivi la berge, je me suis faufilé sous les saules mais je ne l'ai pas retrouvée et Mehdi avait soif, il voulait boire absolument. Là j'ai paniqué, je ne saurais dire ce qui m'a pris, j'ai senti monter en moi un affolement soudain. Je savais que Mehdi devait boire souvent, Vera avait bien insisté, aussi j'ai pris peur au lieu de rester calme. Je lui ai proposé de rentrer mais il insistait pour boire, je ne l'avais jamais vu aussi exigeant, autoritaire soudain. Nous avons repris notre marche dans l'autre sens, je surveillais Mehdi du coin de l'œil pour voir s'il tenait bon, puis, au moment où nous avons aperçu la ferme, j'ai pensé que nous pourrions faire un crochet pour demander de l'eau. Le chemin montait, nous avons progressé doucement, le soleil tapait fort et je sentais mon cœur qui s'emballait. Je priais pour que nous trouvions quelqu'un à la ferme. Mehdi ne voulait plus avancer, il disait que les jambes et la nuque lui faisaient mal. Il disait que la tête lui tournait. Je me suis voulu rassurant, j'ai proposé de le prendre sur les épaules, mais je ne m'imaginais pas trop installer ce grand garçon là-haut. Alors je l'ai pris sur mon dos, et j'ai avancé avec Mehdi accroché derrière, il était assez léger finalement et nous avons parcouru ainsi les derniers cent mètres qui nous séparaient de la ferme. La cour était déserte, un tracteur garé sous l'abri encombré de caisses vides, et les chiens que j'avais craints l'autre jour avaient disparu. De l'eau coulait à la fontaine près d'un hangar mais dans ce genre d'endroit on ne sait jamais si l'eau est potable. Tous les volets étaient fermés, sauf ceux d'en bas. J'ai frappé à une fenêtre ouverte, plusieurs fois, et une dame a fini par sortir, les yeux un peu rouges, j'espérais ne l'avoir pas tirée du sommeil. J'ai demandé de l'eau, précisant que mon garçon avait sûrement de la fièvre, j'ai dit que nous habitions le lotissement après les champs de maïs. Elle ne parlait pas mais m'a regardé dans les yeux avec curiosité puis s'est éclipsée derrière son rideau de perles. Elle est ressortie avec deux verres pleins qu'elle nous a tendus. Après avoir bu, la vie changea d'un coup, Mehdi retrouva la parole et son visage se détendit. Un chat est venu se frotter à nos jambes et un moment plus tard nous étions dans la grange, à choisir un chaton. Mehdi était accroupi, un chat tigré entre les mains. Nous sommes repartis presque une heure plus tard. Mehdi portait l'animal dans une cagette bricolée pour le trajet, dont il a tenu la ficelle pendant tout le chemin, me parlant et parlant au chat, sans s'interrompre jamais, lui expliquant, d'une voix que je ne lui connaissais pas, très distincte de la voix qu'il employait quand il s'adressait à moi, la vie qu'il aurait à la maison. Je revois Mehdi, excité et heureux sur le chemin du retour, imaginant une existence nouvelle avec son animal, Mehdi ne sentant plus ni la fatigue ni la soif, gai bien qu'épuisé, c'est ce que je me disais en le regardant, sa pâleur me sautait aux yeux mais il semblait si détaché, comme hors d'atteinte. Nous avons marché encore, sans nous arrêter, le chaton miaulait vainement et Mehdi trouvait les mots, prononçait tout un tas de phrases apaisantes. Puis il m'avait demandé, juste avant d'arriver, alors que le toit de la maison était déjà en vue, combien de temps ça vivait un chat. J'avais répondu un peu au hasard et je ne sais ce qu'en avait déduit Mehdi, je ne sais s'il avait fait un calcul et quel type de calcul.

J'avais encore une semaine de vacances et j'ignorais comment nous ferions une fois mes congés terminés. J'avais reporté le moment de prendre rendez-vous et j'ai fini par m'asseoir dans le cabinet du médecin de famille, assez désarmé. À vrai dire, je ne voulais pas interrompre mon travail et me retrouver des journées entières chez moi en tête à tête avec Mehdi. Je sentais que là n'était pas ma place, mais comment faire ? Et puis j'avais besoin de l'imprimerie, le rythme, la tension, la responsabilité de la machine, c'est idiot à dire mais même si mon travail n'était pas des plus chic, j'aimais m'y rendre, parler avec les autres, boire un coup à la pause, me changer dans le vestiaire, me frotter aux gars. Et sortir les journaux qu'on imprimait. J'avais besoin de ça, je crois, voir le travail accompli, une fois que les vérifications et les réglages étaient bouclés. J'attendais que le premier jet soit accessible, plié et séché et, pendant que la machine courait toute seule, j'ouvrais un journal que je parcourais avec satisfaction. Je restais planté près de la rotative, à l'endroit où la lumière s'infiltre quelle que soit la saison et je touchais le journal plus que je ne le lisais. Je le respirais. L'odeur du papier arrivait à mes narines, âpre mais indispensable, une odeur qui s'était modifiée avec les années, et qui me parvenait toujours malgré l'accoutumance. Manu n'était pas loin, qui s'affairait avec les autres sur le bout de la plateforme 8, je voyais leurs silhouettes qui bougeaient, et leurs voix me parvenaient parfois, leurs cris plutôt, jetés par-dessus le bruit des rotatives. J'avais besoin de sortir de chez moi et de partager mes journées avec des collègues qui savaient de quoi on parlait, qui connaissaient le jargon, la création de la brigade et les derniers remaniements. Je crois que c'est ça qui me plaisait, avec le temps, on avait les uns et les autres fini par construire une histoire et on avait chacun trouvé une place dans cette histoire, on appartenait à quelque chose. Même si c'était dur, on n'était pas rien. C'est ce que j'avais essayé de faire comprendre à ma femme quand elle sous-entendait, sans oser me le dire vraiment, que je méritais un travail plus valorisant, c'est de ces choses-là que je lui avais parlé, mais je ne suis pas sûr qu'elle avait compris, elle aurait aimé je crois que mon statut soit supérieur, que je porte d'autres vêtements et que mes cheveux ne soient pas imprégnés de l'odeur qu'elle ne supportait plus.

Palabaud m'avait reçu une fin d'après-midi assez calme, j'étais le dernier dans la salle d'attente. Nous avions parlé de Mehdi, il m'avait dit qu'il en avait vu quelques-uns dans sa carrière, des enfants qui d'un coup déclarent une maladie sévère. C'était son plus pur cauchemar : Si on pouvait éviter ça, avait-il dit, mais il avait ajouté aussi que certains s'en remettaient très bien. Il s'était levé, avait fermé la fenêtre à cause de la circulation qui nous empêchait de nous entendre, puis s'était laissé tomber dans son fauteuil. Il avait dit encore : C'est incompréhensible, et : Ça, on s'y fait jamais. Et c'est ce *on* qui traînait encore entre nous qui m'avait touché, le *on* qui désigne tous ceux qui n'y peuvent rien. Après il m'avait écouté, je n'avais pas prévu de lui donner autant de détails, je n'avais pas imaginé que nous allions rester là, moi à parler de la vie avec Mehdi, et lui de sa condition de médecin. C'était la première fois que j'abordais avec lui un autre sujet que celui de mon mal de dos, il avait l'habitude de voir plutôt ma femme et les enfants, moi je me soignais tout seul en général. Mais là, je me suis mis à parler de moi, ce n'était pas physique, ni le dos, ni l'estomac, ni même la tension, rien à dire non, pas d'allergie ni de problèmes respiratoires, pas de varices ni d'hémorroïdes, seulement des troubles du sommeil à en devenir fou, et mal au creux du ventre, entre les côtes. J'ai osé livrer au médecin les détails de l'histoire qui m'empêchait de vivre et dont il avait été le premier témoin. Le premier à savoir, presque l'annonciateur, ce qui donne une responsabilité, oui il avait déjà compris alors que nous étions encore persuadés qu'on échappe toujours à l'incendie. Il écoutait sans m'interrompre, prenant une note ici ou là, il soutenait mes phrases d'un regard presque ami derrière ses verres mal nettoyés, aussi je n'insistais pas trop sur l'aspect le plus désespérant de la maladie de Mehdi, je soulignais au contraire ce qui se passait bien, ce qui était joli dans ce magma d'ordures. Je ne voulais pas donner une piètre image de moi, je voulais être celui qui réagit, celui qui fait face, j'étais un homme quand même. C'est lui qui m'a proposé l'arrêt maladie, je n'ai rien eu à faire, rien à prouver, un mois pour commencer. Il m'a dit par contre qu'on n'échappait pas aux heures de sortie autorisées. Le *on* revenait, et d'un coup je comprenais que ce *on* c'était moi finalement, quelqu'un de nouveau, qui allait endosser une identité neuve, qui n'irait pas travailler, homme au foyer avec enfant malade, *on* n'avait pas le choix.

Avant de me laisser partir, il m'a proposé de m'ausculter mais pas vraiment, il m'a simplement fait asseoir sur la table d'examen, et m'a pris la tension. Je ne sais ce qu'il voulait vérifier, il a cherché mon pouls, a regardé sa montre et fait le calcul des pulsations par minute. Impeccable, m'a-t-il déclaré. Puis il a rempli les papiers pour la Sécurité sociale, m'a fait une ordonnance de Lexomil, et j'ai senti qu'il fallait que je m'en aille à présent.

En rentrant j'ai voulu aller voir José, dire que je resterais quelque temps chez moi. J'avais laissé entendre, avant de prendre mes congés, que le retour serait compliqué, je ne voyais pas de solution. José rentrait de vacances, exagérément bronzé, avec la marque des lunettes de soleil. Il n'osait pas me le dire mais je voyais bien que le cœur n'y était pas. Il avait eu des soucis qui lui avaient tout gâché, un accrochage avec la caravane qui, du coup, était restée en gardiennage dans le Sud. Une histoire qui lui coûterait cher, et des réparations en perspective. C'était son sac de nœuds, son événement de l'été et je sentais que quelque chose d'autre clochait, peut-être simplement la difficulté de se remettre au travail, revenir après l'été était toujours une épreuve, un changement de rythme compliqué. On a bu un café, on est restés un moment sur le pas de la porte et ce qui m'a surpris est qu'il a enlevé sa blouse le temps de fumer une cigarette, prétextant la chaleur. Il s'est assis sur le muret devant l'entrée, à l'ombre à ce moment de la journée, et j'ai pris place à côté. Pourtant ce n'était pas l'heure de la pause, José semblait s'accorder un peu de temps, et le voir ainsi détaché des machines m'a étonné, ça ne lui ressemblait pas. On a parlé de Mehdi, du chemin que prenait la maladie, quelque chose qui allait s'installer, c'était sûr à présent, et que je n'avais pas vu venir. C'est ce que je disais à José, mais sans entrer dans les détails, qu'on était dépassés, qu'on devait apprendre à vivre autrement. Et puis j'ai eu peur de trop parler, je n'aime pas qu'un chef soit au courant de ma vie, j'ai essayé de trouver l'équilibre, donner sans donner prise. José n'a pas eu l'air contrarié par l'arrêt maladie, il a dit qu'il avait une idée. Il a ajouté en rigolant : On n'est pas des brutes ! et je crois qu'il était persuadé de ce qu'il avançait, il avait l'air d'y tenir. J'ai rigolé aussi, ça faisait du bien d'être là sur le muret à boire mon café, plutôt qu'à la maison. C'était idiot, je ne fumais plus, mais là j'en aurais bien allumé une, c'était typiquement le genre de moment où sans cigarette c'était presque impossible. Alors j'ai fumé mentalement en regardant le ciel, parce qu'en face un entrepôt en tôle assez laid me barrait l'horizon. C'était une sensation étrange, comme si je m'éloignais déjà de l'imprimerie, je n'avais pas trop envie d'y entrer, et pourtant je n'avais pas envie non plus de retourner chez moi. Ça m'a rappelé quand j'étais petit et que le médecin m'autorisait à ne pas aller à l'école. J'avais le sentiment troublant d'être hors du monde, à la fois soulagé de ne pas avoir d'efforts à fournir et triste d'être sur la touche, loin des autres. Un entre-deux qui m'avait toujours inquiété, somnolant sous les draps, j'avais peur qu'on se passe très bien de moi. Nous sommes allés dans le bureau pour faire les papiers, j'ai croisé Dubecq et le Yougo à qui j'ai serré la main et dit un mot de la situation. Puis j'ai rejoint les vestiaires pour récupérer ce que j'avais laissé dans mon casier. Et c'est en mettant dans un sac plastique les quelques affaires délaissées depuis toujours – une ceinture à la boucle cassée, un Tupperware, un pull-over – que j'ai pris la mesure de ce qui se passait. Je suis resté accroupi un moment, avec une respiration difficile et des scintillements dans les yeux. Puis je suis parti jusqu'à l'arrêt du bus, j'ai marché automatiquement, m'éloignant malgré moi avec mes affaires sous le bras.

C'est en quittant l'imprimerie, même si ce départ était provisoire, que j'ai eu la sensation que ma vie bifurquait. Si je devais décider d'un instant, c'est celui-ci que je nommerais, c'était presque palpable, j'avais pris place dans l'autobus qui me ramenait chez moi, mais *chez moi* n'avait plus de sens, *chez moi* n'était plus un cœur, un repli. L'autobus roulait vite sur la départementale, toutes fenêtres ouvertes, à cette heure où personne ne circulait, la plupart des gens avaient migré vers le sud, pour se laver sans doute des misères subies pendant l'année. Et je pesais lourd, assis sur la banquette, je regardais les champs qui défilaient à l'extérieur, le maïs arrosé par d'immenses conduits d'irrigation, puis les immeubles du Vernay où nous habitions avant, les pelouses brûlées par le soleil et quelques gosses qui patientaient avec leurs mères près du toboggan, puis une zone indécise, industries et champs mêlés, des silos, la fabrique d'aliments pour chiens dont l'odeur devenait puanteur quand le vent tournait, un concessionnaire Peugeot, les voitures d'occasion sur le parking, puis plus loin des entrepôts fermés au mois d'août et, après le dernier rond-point, la grande ligne droite qui me conduirait à la maison, bordée de platanes centenaires, et dont la voûte annonçait la sortie définitive de l'agglomération. J'ai parlé avec le chauffeur avant de descendre, il m'a demandé si j'avais changé d'horaires. J'ai dit que j'allais m'arrêter un peu, sans préciser pourquoi. De toute façon, la vie des autres, c'était quelque chose de lointain et très flou. Comme le décor le long de la route, familier et étranger à la fois. Lui attendait les vacances, il irait pêcher dans les lacs du Jura. Et là je l'enviais, je me serais bien vu aller pêcher n'importe où, lacs ou rivières, me lever à l'aube dans la fraîcheur du jour, monter ma canne et patienter, assis sur un siège pliant, j'aurais donné cher pour échanger mon destin contre le sien, et pourtant le chauffeur du bus m'avait toujours paru inconsistant, il n'y avait pas plus désincarné qu'un chauffeur de bus, mais là il prenait soudain de l'épaisseur, moi qui n'avais jamais imaginé qu'il eût une existence, là le simple fait qu'il révèle un projet me le rendait étonnamment vivant. Je suis descendu à mon arrêt et j'ai marché le long de la route avant de traverser, le goudron collait aux semelles. Je portais mon sac plastique à la main. Une époque nouvelle commençait.

Lisa était partie en camp de vacances, ma femme travaillait sans relâche et déjà les jours raccourcissaient. Pas grand-chose, mais c'était perceptible, je ne sais pourquoi j'étais si sensible à ces minutes que nous perdions chaque soir. La chaleur appuyait sur nos épaules mais on sentait que l'été se débinait. Quelque chose s'imposait en août que je n'aimais pas, que je n'ai jamais supporté. L'immobilité je crois, le grand jeu de l'été à son paroxysme, qui retenait sa promesse. C'était un temps pour rien, une latence, une pente mauvaise quand la pression atmosphérique compressait nos tempes et que les hirondelles criaient en rasant le sol. Le silence maintenait le lotissement dans une inertie menaçante. Rien n'arrivait du matin jusqu'au soir que le décompte des jours en attendant l'automne, comme une mort annoncée, la fin inéluctable qui neutralisait notre énergie, nouait nos mouvements.

Mehdi sortait peu, il était tout occupé à prendre soin de son chat, qu'il avait installé dans sa chambre, l'encourageant à dormir près de lui. Ma femme n'aimait pas la trop grande intimité de ces deux-là, elle disait qu'il fallait en parler à Clavel, elle pensait que le chat pouvait transmettre des maladies. Moi je voyais autre chose, je voyais comment la vie se gardait, comment ces deux-là étaient fragiles et détachés, à côté du monde, mais si bien ensemble. Et quand je demandais à Mehdi de sortir de la maison, quand je l'entraînais dans des courses au-dehors, j'assistais chaque fois à un arrachement.

Ce jour-là, après que nous avions reporté pour toutes sortes de raisons, j'ai emmené Mehdi chez le coiffeur. Ma femme nous avait laissé la voiture, ce qui était rare, et nous pouvions profiter d'une promenade en plein après-midi, plutôt que raser les murs et dépérir à l'intérieur. Nous nous sommes garés sur la petite place, près du centre commercial, et avons poussé la porte de notre coiffeur habituel, ouvert au mois d'août. Le salon était désert mais des cheveux traînaient au sol, qui n'avaient pas encore été balayés, ce qui créait une atmosphère d'abandon et d'insouciance. L'air conditionné nous réveilla d'un coup et redonna à nos silhouettes une allure plus digne. Frédéric était derrière et fit doucement son apparition, les tongs aux pieds et le torse en partie découvert, visiblement peu enclin à se mettre au travail. Il passa le balai et Mehdi put s'installer au bac. Tout allait bien. Pas de mal de dos ni de nuque, non, pas de signe d'essoufflement. Frédéric demanda si la température de l'eau convenait, s'interrompit pour répondre au téléphone, puis revint appliquer le shampooing, le tout sur un tempo ralenti à l'extrême. La radio diffusait une chanson de Nino Ferrer et Frédéric, juste avant le rinçage, eut l'idée de m'offrir un café, que je bus lentement en feuilletant des revues. Il remit ses gants de plastique, s'affaira à nouveau au-dessus de Mehdi, fit couler l'eau généreusement et s'étonna que Mehdi perde autant ses cheveux. Il l'enveloppa dans une serviette et l'installa devant le grand miroir. Mehdi ne se rendit compte de rien, il n'avait probablement pas entendu. Frédéric s'affaira en douceur, sans comprendre ce qui se passait, il coupait à peine, il voulait sans doute compenser l'épaisseur manquante par la longueur. Il appliqua un peu de gel sur le crâne de Mehdi, et son geste fut si délicat que j'en fus touché. Puis je passai au bac à mon tour et devant le miroir dans le salon toujours désert. Je n'ai pas aimé ma figure ce jour-là, je notai pour la première fois des poches appuyées sous mes yeux, mais aussi une ligne que je n'avais jamais remarquée et qui traçait son chemin à la verticale de ma joue droite. J'ai accusé la lumière trop blanche, qui arrivait d'en haut en un faisceau direct et j'ai pensé que les nuits d'insomnie commençaient à s'inscrire sur mes traits. Je me suis dit que c'était provisoire, que la chaleur de l'été ne me réussissait pas, c'est ce que j'imaginais. Quand nous sommes ressortis, c'était comme une étuve. J'ai proposé qu'on aille manger une glace, il suffisait qu'on fasse quelques mètres à pied et on rejoignait le centre commercial. Nous sommes entrés dans la galerie marchande, à nouveau saisis par la climatisation, et nous nous sommes assis sur des chaises de jardin en bois, sous un parasol qui ne servait à rien puisque nous étions à l'intérieur. Une radio encore nous empêchait de nous parler tant le volume était fort. Nous avons commandé des boules de glace dans des coupes, et j'espérais que Mehdi allait tout manger. Des personnes nous frôlaient avec leurs chariots remplis à ras bord, qu'ils poussaient sans jamais croiser notre regard. Nous étions assis face à face, chacun avec sa nouvelle tête, trop apprêté, exceptionnellement net. J'observais Mehdi qui regardait ailleurs et je l'aimais. C'est ce qui me traversait à ce moment, comme si cette sensation me submergeait.

J'aurais voulu lui dire quelque chose là, assis face à lui devant ma glace au chocolat, mais ça n'aurait pas eu de sens. Je me contentais de regarder Mehdi et c'était troublant comme nos visages flottaient dans la musique de la galerie marchande, détachés du décor, parfaitement déplacés. Nous étions tels deux étrangers arrivés là par hasard, hors de leur trajectoire, pour ainsi dire perdus. Nous nous sommes levés et, en passant devant le marchand de journaux, Mehdi a dit qu'on pourrait envoyer une carte postale à Lisa. Nous sommes restés un moment devant le présentoir et c'était bizarre de choisir une carte avec une photo de notre région, il n'y avait rien à montrer, rien de remarquable, et presque pas de choix. Nous étions sans doute au milieu de nulle part, un père et son fils échoués dans un centre commercial un après-midi du mois d'août, loin de la ville et plus loin encore des stations balnéaires, loin des montagnes et des plateaux balayés par le vent, nous habitions un territoire de l'entre-deux, un lieu de transition en partie planté avant que les surfaces constructibles ne gagnent du terrain, avant que le tracé de la future autoroute ne vienne séparer en deux ce bout de plaine. Mehdi a considéré longuement les photos sans relief, les clochers au milieu des champs, puis il a fini par choisir un chimpanzé qui disait : Tu me manques ma guenon.

Quand ma femme rentrait le soir, elle posait sur la table de la cuisine les courses qu'elle avait faites sur le chemin du retour et nous nous précipitions, espérant autre chose que des rouleaux de Sopalin, du riz ou des yaourts nature qu'elle achetait par huit. Ce jour-là elle avait déballé des pralines concassées et de la crème fraîche et annoncé d'un ton contrarié qu'elle devait confectionner un gâteau pour le bureau. Mehdi et moi avions trouvé cela injuste et presque loufoque. Ma femme nous avait expliqué, en rangeant les courses dans le réfrigérateur, qu'il était une tradition dans sa boîte : chacun tour à tour faisait un gâteau qu'ils mangeaient tous ensemble le vendredi à la pause de dix heures, au service des expéditions. Elle n'en avait encore rien dit parce que ce rituel, auquel elle était contrainte de participer, l'incommodait. C'était Chassignole, le type responsable du stock, qui était à l'origine de cette invention, et le patron, visiblement, encourageait la chose, pourvu que l'heure de la pause ne soit pas dépassée. Ce qu'aimait Chassignole, c'était la chantilly, et il lui était arrivé de préparer une pâtisserie, avec écrit en lettres blanches l'initiale des secrétaires, un jour que, ma femme ne savait plus pourquoi, le gâteau leur était dédié. Elle nous racontait cela, debout dans la cuisine, récupérant les sacs plastique et les fourrant dans un sac plus grand qu'elle gardait sous l'évier, en grimaçant, pour ainsi dire dégoûtée. Puis elle poursuivit son récit, passa en revue les différents moments de cette cérémonie et finit par nous apprendre qu'elle avait toujours refusé sa part de gâteau, parce que tout simplement elle ne pouvait pas. Non, elle ne supportait pas, en avalant le sucre et les matières grasses malaxées par l'un des employés, d'avaler aussi la fausse camaraderie qui régnait entre les gens et la hiérarchie confusément appliquée, elle se refusait à compenser la frustration d'être au travail par des douceurs anesthésiantes qui, craignait-elle, auraient compromis sa vigilance. Ma femme ne transigeait sur rien, et son côté rebelle qu'elle combinait avec sa droiture, et qui donnait parfois de drôles de réactions, me plaisait. Elle s'emportait avec tant de frénésie qu'elle en était touchante et, le plus souvent, je comprenais les causes pour lesquelles elle se battait. J'admirais sa façon de résister et je dois dire que s'abstenir de manger du gâteau pour ne pas adhérer aux méthodes de son entreprise me semblait plutôt malin. Une minuscule grève de la faim. Travailler oui, mais lécher les bottes, sûrement pas. Elle nous expliqua que tous avaient repéré qu'elle déclinait systématiquement l'offre alors qu'elle prenait part à la petite assemblée réunie aux expéditions, c'est-à-dire au rez-de-chaussée, debout devant un comptoir destiné à l'approvisionnement des camions, à l'endroit même où flottaient des résidus de gaz d'échappement.

Ce qui lui déplaisait dans cette histoire de gâteaux, outre le fait que chacun mâchait mollement en chantant les louanges de celui qu'il dégommait par-derrière, c'était la personnalité de Chassignole. Un petit homme sûr de son fait, ramassé sur ses muscles et vieux avant l'âge, qui ne s'était jamais remis de devenir père et arpentait sans complexe les étages des bureaux (alors qu'en principe les employés du stock ne s'élevaient jamais au-dessus du rez-de-chaussée), recherchant la présence des femmes pour échanger à propos de sa progéniture. Ce qu'il disait de son nourrisson était tristement imbécile, il avait une fois demandé d'accéder à l'ordinateur de ma femme, alors qu'il proposait aux filles de la comptabilité de leur apporter des cafés, pour calculer en direct et devant témoin l'investissement qu'il faisait chaque mois dans les couches. Peu conscient de sa bêtise, il cherchait à prouver que, contrairement au Français moyen qui payait plein pot le paquet de trente, il avait une astuce pour débourser vingt pour cent de moins. Forcément. Chassignole faisait partie de ces êtres supérieurs à qui on ne la fait pas, débordant de bons plans, jamais fatigués devant l'effort pour économiser dix euros sur leur feuille d'impôts. Et ce matin-là, Chassignole, transpirant sous sa blouse, n'en finissait pas de squatter le poste de travail de ma femme, fier comme un mâle dominant, mais réintégrant son rez-de-chaussée à toute vitesse dès que menaçait de s'ouvrir la porte du patron. Donc ma femme ne mangeait jamais de gâteau et tout le monde l'avait repéré. Elle aurait pu ainsi marquer des points en jouant le jeu des compliments du vendredi, ce n'était pourtant pas grand-chose, demander à sa chef la recette de sa sublime charlotte aux fraises, se pâmer en suçotant le marbré aux marrons préparé par Nadia, elle aurait pu y mettre du sien, signifier son plaisir d'être là. Mais non, ma femme faisait sa mauvaise tête sans être pour autant désagréable, je l'imaginais très bien un peu figée au sein de la troupe malgré un sourire compensatoire, acceptant tout de même un verre de jus d'orange pour trinquer, sommée de se justifier, parce qu'en de pareilles circonstances, personne ne lui faisait de cadeau. Au contraire, chacun y allait de son étonnement, de sa déception, de son intolérance et il fallait être déterminé pour ne pas se plier à la volonté du groupe. Ma femme ne s'était jamais portée volontaire pour prendre son tour et préparer la gâterie du vendredi mais cette fois elle ne pouvait y échapper. Elle se résolut à confectionner ce qu'elle maîtrisait depuis toujours et réalisait en un quart d'heure, une tarte aux pralines. Puis elle ajouta, toujours contrariée à l'idée de s'être laissé piéger et en proie à un reste d'énervement, qu'il fallait être vraiment idiot pour allumer son four en plein mois d'août.

Mehdi passait beaucoup de temps devant l'ordinateur et j'avoue que cela m'arrangeait. J'ose le reconnaître aujourd'hui, cela me rassurait de le savoir près de moi sans avoir à m'en occuper vraiment. Il n'avait pas appris à s'en servir et pourtant il semblait aussi à l'aise que s'il avait toujours pratiqué. Lisa lui avait montré l'essentiel je crois. Il tapait sur le clavier, son chat sur les genoux, qui jouait parfois avec les touches. Mehdi parlait beaucoup à l'animal, s'adressant à lui à tout propos, lui demandant son avis, c'était assez usant. Il le menaçait aussi, mais toujours d'une voix très douce, empruntée. Je ne savais pas si cet échange était normal, j'observais Mehdi et il m'arrivait de le trouver bizarre, trop attentif à son chat, trop dépendant. Je me demandais si c'était la maladie qui le rendait aussi peu viril ou si c'étaient tous les garçons qui, au commencement de l'adolescence, deviennent presque des filles. Le dire comme ça est un peu abrupt, mais j'étais perdu avec Mehdi, qui n'avait aucune occupation de garçon et devenait de plus en plus fragile. Je ne savais quoi lui transmettre, quoi lui montrer puisque toute activité physique nous était interdite, aucun jeu de ballon, ni même de badminton qu'on aurait pu pratiquer sur notre terrain. Les garçons privés de leur corps qu'ils épuisent en des gestes puissants sont comme amputés, séparés d'une partie d'eux-mêmes.

Nous ne pouvions presque rien partager et pourtant je me creusais la tête. Nous jouions parfois aux échecs mais Mehdi se lassait vite, la stratégie n'était pas son fort, il envoyait souvent valser un fou ou un cavalier qui lui interdisait le passage. Aussi le savoir devant l'ordinateur ne me déplaisait pas, d'autant qu'il cherchait à localiser l'île de Robinson au large du Chili, et me racontait qu'on y pêchait la langouste. Au moins il n'était pas allongé sur son lit, les yeux fixant les rais de lumière qui bougeaient au plafond. C'était pour moi la pire des sensations, entrer dans la chambre de Mehdi et le trouver inerte sur les draps, flottant dans le clair-obscur de la pièce, sans projet, dans l'attente d'on ne sait quoi. C'était chaque fois le même choc quand je le surprenais qui se retirait du monde ainsi. C'était une semblable inquiétude pour tous les parents, je me souviens de Manu qui se désespérait de voir sa fille aussi mollement inactive et des Orsini qui s'agaçaient de l'indolence de leurs enfants. Mais pour autant j'avais peur que Mehdi, à force d'ennui, en devienne anormal, je n'osais pas en parler à ma femme, je ne savais pas où commençait l'anormalité. Ce qui me crevait les yeux était que mon garçon ne jouait pas, ne sortait pas, n'avait pas de copains, et semblait traverser cette absence de vitalité sans souffrir vraiment. Finalement, qu'est-ce que je savais de la souffrance de Mehdi ? Est-ce que je faisais ce qu'il fallait pour comprendre ? La solitude des enfants fait peur aux parents, c'est la pire des ennemies. La solitude et l'ennui, le comble de notre frayeur. Quand Mehdi était devant l'ordinateur, je n'avais pas la sensation du vide, non, je le voyais capté par l'écran, concentré, canalisé. Rien ne divaguait, me semblait-il, rien ne pouvait se perdre ou s'abîmer. Et je respirais. Parce que j'entendais le clic de la souris ou les touches du clavier, je percevais les doigts de Mehdi qui s'agitaient, qui poursuivaient leur but. Et j'étais rassuré, dans le salon juste derrière, que Mehdi s'intéresse à des images, à des jeux, à des formes mouvantes, oui j'étais soulagé qu'il ait face à lui un écran quand certains parents s'en désolaient. Moi j'avais des ambitions revues à la baisse, des projets devenus modestes, j'étais avec Mehdi dans le presque rien. Mais ce pas grand-chose prenait des proportions imposantes, et j'éprouvais autant de satisfaction à savoir mon garçon assis sans défaillir sur une chaise de bureau que les parents qui voyaient leurs enfants mettre des paniers aux matchs de basket. Chacun sa dimension. Chacun son échelle. Nous étions depuis un temps, Mehdi et moi, dans l'infiniment petit, mais cette perspective, avec laquelle j'apprenais à me familiariser, me réservait tout de même quelques précieux moments.

Ma femme, absente l'essentiel de la journée, ne comprenait pas que les règles avaient changé.

Elle ne voyait pas que Mehdi et moi avions modifié notre rythme et que vingt-quatre heures n'avaient plus la même signification. L'épreuve de la lenteur s'était emparée de nous, comme si l'air s'était épaissi, opposant une résistance invisible. Il fallait accepter de tout bouger en soi, de désamorcer les emballements nerveux pour laisser place à un calme éprouvant. Je n'étais pas habitué à ralentir, à retenir le flux qui pulsait dans mes veines et qui me portait naturellement à un mouvement perpétuel. J'aimais aller vite, j'étais du genre à fatiguer mon entourage par mes accélérations, par mes enthousiasmes bruts. À l'imprimerie, c'est ce qu'on attendait de moi, que je réagisse au quart de tour, que je sois d'une vigilance de chaque instant, prêt à bondir au moindre dysfonctionnement de la machine. J'apprenais avec Mehdi à devenir un autre homme, plus intérieur, contraint de maîtriser davantage mes émotions, et je me sentais parfois pris dans un étau. Le silence de la maison ne me convenait pas, l'apparente tranquillité des jours était une violence que je tentais de désamorcer. Il m'arrivait de sortir, de marcher jusqu'au bout du lotissement et de respirer profondément pour ne pas crier. Je levais les bras vers le ciel, remplissais mes poumons et expirais bruyamment, plusieurs fois, en veillant à ce que personne ne m'aperçoive, puis je rentrais, l'abdomen encore chargé d'un poids trop lourd. Une fois de retour, je reprenais ma vie au ralenti près de Mehdi, et nous évoluions sous notre toit comme si nous étions sur la lune, deux cosmonautes empêtrés dans leurs combinaisons de plomb, peu sûrs de leur destination.

Ma femme voulait le bien de Mehdi comme elle voulait le bien de tous, et la trop libre circulation de notre garçon sur Internet lui posait problème. Elle m'avait reproché aussi, sans véhémence heureusement, de céder à une solution de facilité, laisser mon fils dériver sans limites dans un monde incontrôlable, un espace de tous les dangers, voilà ce qu'elle en pensait. Nous avions eu une conversation à ce sujet, ma femme avait parlé de violence et de sexe, et j'avais fini par douter. Moi qui étais sûr que Mehdi n'était qu'un enfant innocent me trouvais soudain contrarié dans ma vision des choses. Ma femme ne savait pas plus que moi et nous avions du mal à imaginer notre fils à la recherche d'images sexuelles. Mais il avait bientôt douze ans et peut-être qu'à cet âge on est déjà envahi par le trouble d'érections perturbantes. C'était à moi de me souvenir, ma femme ne pouvait pas deviner, c'est ce qu'elle me disait. Et j'avais beau essayer de me concentrer, ma mémoire me faisait défaut, je n'avais pas la sensation qu'à douze ans j'avais une vie sexuelle, même imaginaire, j'aurais parié pour plus tard, mais après tout, comment faire confiance à des souvenirs très flous. Je ne savais plus qui j'étais à douze ans, je n'avais en tête que quelques faits marquant cette période, je revoyais la chambre que je partageais avec mon grand frère, les cours de catéchisme une fois par semaine alors que mes parents étaient communistes, chose incompréhensible et que j'aurais dû éclaircir avant la mort de mon père et avant que ma mère oublie tout, je ne revoyais plus grand-chose de cette époque, c'était l'année où nous étions partis en vacances à l'océan dans un camping derrière les dunes et où j'avais failli me noyer, emporté par la puissance d'un courant me tirant vers le large. Je me disais que finalement être du même sexe que mon fils ne servait à rien puisque je n'avais plus accès à ma propre enfance, je pouvais me remémorer des faits, mais je ne savais plus le détail des sensations. En y réfléchissant bien, m'était revenue une scène totalement enfouie, qui ne m'avait en apparence pas perturbé en grandissant. Mon frère, qui dormait cet été-là avec moi sous la tente, s'était, un matin, jeté sur moi au réveil et, alors que les parents s'activaient déjà sous l'auvent de la tente d'à côté, m'avait mis son sexe entre les mains, et comme je ne l'avais pas repoussé, il avait pris le mien qui s'était raidi d'un coup. Nous étions restés là, assez empêtrés, chacun manipulant le sexe de l'autre, lui visiblement plus intéressé que moi. C'était étrange ce souvenir qui remontait. Mais ce qui m'étonnait dans l'affaire c'était que mon frère, qui avait manifestement trouvé un plaisir intense à cette manœuvre, n'avait jamais réitéré sa proposition, ce qui m'avait sans doute aidé à classer l'épisode. Je crois que j'avais aimé cet assaut viril, dont je n'avais parlé à personne, pas même à ma femme ce jour-là, tant je trouvais ridicule cette histoire de petite bite, et à cause peut-être de la honte d'y avoir trouvé du plaisir. Un plaisir purement physique me semblait-il, qui n'avait envahi rien d'autre que les ramifications nerveuses de mon corps, un plaisir brut et stérile qui n'avait laissé aucune empreinte. Mais est-ce que cet épisode somme toute assez minable m'aidait à comprendre si Mehdi cherchait sur Internet des images sexuelles. Je continuais de penser que Mehdi était loin de ces préoccupations, mais c'est sans doute ce qu'on imagine de ses propres enfants, qu'ils ne peuvent être attirés par des penchants qui nous dérangent. Alors, à force de tergiverser, nous sommes allés voir le soir dans l'historique des recherches, et nous avons trouvé les mots *île de robinson*, *pédé* et *globules blancs*. Nous sommes restés un peu séchés, pour ainsi dire punis. Je ne sais comment l'expliquer, mais je me suis mis à rire, alors que ma femme se tenait la tête entre les mains, je ne pouvais réprimer les spasmes nerveux et puissants qui me secouaient le corps, et plus je tentais de me retenir, gêné de ma réaction, plus ma poitrine et mes épaules se soulevaient. Ma femme et moi composions un incroyable tableau, tous deux assis face à l'ordinateur, nous battant pour manipuler la souris, les yeux rivés à l'écran qui nous révélait ses saloperies, sidérés, regrettant dans l'instant notre curiosité, penauds et pathétiques. C'était bien fait pour nous, il ne fallait pas vouloir tout savoir, il fallait tolérer les zones d'ombre. Notre inquiétude pour Mehdi nous avait poussés à enquêter trop loin, et à présent qu'allions-nous faire des mots révélés par l'historique ? Rien, nous n'allions probablement rien en faire si ce n'était tenter de les oublier. Nous n'étions pas prêts à tout connaître de Mehdi, comme nous n'étions pas disposés à tout entendre à propos de sa maladie. Ignorer nous préservait aussi, parce que, à la place de la réalité, nous composions chacun notre fiction, la version qui nous arrangeait, celle que nous pouvions supporter. Nous avancions ainsi à notre rythme, de mensonges modestes en petits arrangements. Je m'étais dit quand même, pour en revenir à l'alerte sexuelle qui nous avait égarés, qu'avec la lourdeur du traitement que subissait Mehdi, sa libido était sûrement anéantie avant même d'avoir commencé d'exister. C'était une question que nous n'avions jamais abordée avec Clavel, probablement secondaire, mais comment différencier à présent l'essentiel du superflu ?

Nous établissions des listes, avant nos rendez-vous avec Clavel, des questions à poser. Nous n'étions sûrs de rien, assez ignorants, et au fil du temps nous nous étions changés en des parents hésitants, parfois approximatifs. Ma femme prenait des notes jour après jour, dans un carnet qu'elle glissait au fond de son sac, alors que moi je ne jugeais pas nécessaire d'écrire ces choses-là. Je les avais en tête, je respirais avec. Des interrogations, nous en avions, nous les ressassions, elles devenaient notre quotidien le plus pénible. Toutes les trois semaines environ, nous livrions Mehdi à l'hôpital, puis il rentrait plus ou moins changé, plus ou moins fatigué, de plus en plus insaisissable. Et toutes les trois semaines, nous avions un entretien avec Clavel, dans le bureau obscur, avec ou sans Mehdi. Au moment de nous lancer, au moment d'aller chercher le carnet au fond de son sac, ma femme renonçait, préoccupée par autre chose, une donnée nouvelle, un fait inattendu qui captait toute notre attention. C'était dans le bureau que nous parlions du traitement, dans le détail, des produits, des doses, et le traitement avait petit à petit remplacé la maladie. Il était devenu l'obsession autour de laquelle nous tournions désormais, comme si la maladie n'était qu'un élément secondaire, l'inconnue, un concept qui demeurerait de toute façon étranger. Le traitement, lui, était bien concret, on pouvait le mesurer, le programmer, le modifier, on pouvait l'inventer, le maîtriser, voire le supprimer. On pouvait en parler, le vocabulaire ne manquait pas, c'était technique et rassurant. Et le langage que Clavel employait et que ma femme et moi avions fini par adopter était un langage guerrier, actif et conquérant, qui nous faisait du bien et contrastait avec le reste de notre lexique, hésitant, alambiqué et plein de pièges. Nous nous raccrochions aux mots de Clavel et j'avais dans la tête des images de combat, une représentation archaïque, les bons et les méchants, je redevenais un enfant avec mes soldats en poste sur le parquet de ma chambre, et les mots de Clavel simplifiaient mon monde, il avait entre les mains le corps de notre garçon et il introduisait dans ce corps des substances qui allaient tuer les indésirables, je sentais qu'il y croyait, qu'il était convaincu par ses paroles. S'incarnait alors le scientifique qui était en lui, grisé par la chimie, les mélanges, les réactions, je le sentais d'autant plus excité que l'enjeu était grand, et la cause noble. Il baissait parfois le ton en même temps qu'il plaçait les mains à plat sur le bureau, tendant vers nous son visage mal éclairé, et après un silence inquiétant, il nous donnait l'impression de révéler le secret d'une formule inédite, dont il venait d'imaginer les composantes. Il nous mettait dans la confidence, nous associait à ses espoirs et à ses doutes et la gravité de son regard répandait ses ondes dans nos colonnes vertébrales. Clavel se changeait parfois en un sorcier magnifique, et sa chevelure que nous n'avions jamais remarquée apparaissait soudain, un peu folle dans le halo de lumière qui venait de côté. Mais Clavel se ressaisissait, lui-même sans doute effrayé par la tentation d'une mise en scène qui n'avait pas lieu d'être et lui aurait donné un tout autre rôle. Il revenait à l'étape précédente et retrouvait un ton plus distant, s'adressait à nous au conditionnel, nous rappelait que notre existence se déroulerait désormais au conditionnel. Et c'est dans ce temps que nous apprenions à maîtriser malgré nous, que nous allions évoluer mentalement, ne sachant pas comment trouver notre place dans l'intensité du combat. Nous comprenions que nous étions face à un serpent à trois têtes : Mehdi, la maladie et le traitement, et que notre vie future serait délimitée par les angles de ce triangle infernal. Les rendez-vous avec Clavel nous faisaient du bien, nous en ressortions avec une respiration plus ample, même si nous avions omis de poser nos questions qui, dans le contexte du bureau, nous semblaient tout à coup hors de propos. Nous prenions congé avec l'impression de quitter un être cher. Petit à petit, Clavel était devenu l'élément clé de notre vie, le témoin qui nous épaulait. Clavel je pense souvent à vous, je vous imagine encore aujourd'hui, installé dans l'antre sombre de cet hôpital, avec des parents qui entrent et qui sortent, qui espèrent, suspendus à vos paroles, qui décryptent chacun de vos mots, interprètent vos plus infimes silences. Des parents et des enfants séparés par la maladie, qui deviennent presque des étrangers, des adultes qui redeviennent des enfants et des enfants qui grandissent trop vite. Je me demande si ce n'est pas pour vous que je raconte aujourd'hui, voilà que je me mets à vous parler, voilà que je vous dis tout ce que j'ai toujours tu dans votre bureau, tétanisé que j'étais par la présence de ma femme, par celle de Mehdi parfois, et surtout par la peur de ne pas être à la hauteur, de ne pas être un homme digne de recevoir les paroles que vous nous confiiez toutes les trois semaines. Mais ce n'était pas qu'une affaire de paroles si j'y réfléchis bien, non il s'agissait d'autre chose que j'ai mis du temps à comprendre. C'était la première fois, je crois, qu'un homme savant, qu'un homme éduqué, dominant pour le dire simplement, s'adressait à moi avec autant d'égards, s'adressait à ma personne, à mon intelligence, sans chercher à être supérieur, sans vouloir me perdre, me manipuler ou m'amadouer, un être qui, sans appartenir à ma classe, cherchait à mes côtés la même chose que moi, comprenait ma détresse et me transmettait son énergie sans dissimuler ses doutes. Oui, Clavel, c'est peut-être à vous que j'ai envie de raconter cela, parce que, sans que je vous aie jamais rien confié de ma vie, je crois que vous saviez, sans que j'aie jamais osé parler dans votre bureau, j'ai compris que vous ne vous contentiez pas de ce que vous voyiez. Et puis, face à l'injustice qui nous terrasse, on ne peut pas rester seul, n'est-ce pas ? Ni vous ni moi.

À son retour de vacances, nous avions invité Antoine Loiseau, avec qui Mehdi dialoguait sur Internet depuis qu'il était éloigné de l'école. C'est ce que j'avais dit à ma femme, Facebook ça s'appelle, être avec les autres tout en restant chez soi. Sa mère devait l'accompagner en début d'après-midi. C'était l'heure du café, j'avais rangé la cuisine, terminé la vaisselle que j'avais essuyée pour éviter le désordre. J'avais balayé et nettoyé la toile cirée, appuyant plus qu'à l'habitude sur les petites taches réfractaires, par un drôle de réflexe qui m'avait déplu. J'avais préparé la cafetière, mis le café en attente dans le filtre, empli le réservoir d'eau, de sorte que, quand la mère d'Antoine arriverait, je n'aurais plus qu'à appuyer sur le bouton. J'avais rangé la pile de journaux, vidé la poubelle et, pendant que j'y étais, j'avais voulu aussi laver le sol, j'avais le temps avant la venue d'Antoine. J'avais passé la serpillière, mais rapidement, juste pour n'être pas pris par la honte au milieu de la conversation quand j'apercevrais dans un coin des projections de jus d'orange collant sous la semelle ou des petits amas de terre que nous apportions du dehors à chacune de nos entrées. C'était l'inconvénient d'une maison, impossible de garder le sol bien net, ma femme le répétait chaque jour et j'avais fini par reprendre à mon compte ce leitmotiv mesquin. À force de rester chez moi, j'en étais venu à me soucier de l'organisation de la maison. Les bouteilles vides, la plaque de cuisson, la balayette et la pelle s'étaient mises à exister, j'avais même adopté une paire de gants en plastique pour faire la vaisselle, ce dont je me serais cru incapable six mois plus tôt. J'attendais donc Antoine et sa mère dans la cuisine et allais parfois me poster dans l'ouverture de la baie vitrée du salon pour guetter, légèrement anxieux. L'inquiétude me gagnait, sans que je comprenne pourquoi. Je surveillais Mehdi du coin de l'œil pour voir s'il partageait mon agitation mais Mehdi, plongé dans sa lecture, n'émettait aucun signe. Il était presque quatorze heures quand je décidai de changer mon short pour un pantalon. J'hésitai devant l'armoire puis quittai aussi mon débardeur pour passer une chemise. Il était quatorze heures dix quand je jugeai utile de me raser de près mais j'eus peur qu'Antoine et sa mère arrivent au milieu de l'opération. Je jaugeai mon visage dans le miroir de la salle de bains et en profitai pour passer un coup d'éponge dans la vasque du lavabo. J'étais en sueur et m'aspergeai d'un peu d'eau, puis d'un soupçon d'eau de toilette. Je me lavai les mains pour effacer toute trace du produit à récurer et m'essuyai, le cœur battant, dans une serviette râpeuse que je précipitai dans la corbeille à linge sale, la remplaçant par une serviette neuve et moelleuse. J'apparus dans le couloir à quatorze heures quinze et personne n'avait sonné. J'aurais pu m'asseoir sur le canapé du salon et commencer une sieste mais j'attendais quelqu'un et chacun sait comme on est diminué quand on attend. Je n'étais plus rien. Et je ne comprenais pas ce qui me mettait dans cet état. Je décidai que je serais plus tranquille si j'avais pissé, et je m'enfermai rapidement dans les toilettes. Quand j'en ressortis après avoir tiré la chasse et lustré le rebord de la cuvette avec une feuille de papier W.-C., prêt à foncer dans la salle de bains pour me laver les mains une nouvelle fois, un garçon se tenait debout dans le hall. C'était Antoine et je ne savais pas par où il était entré. Sa mère l'avait déposé en voiture et elle repasserait en fin de journée. Je fis disparaître le papier dans la poche de mon pantalon et serrai la main d'Antoine avant de le conduire auprès de Mehdi qui, étonnamment, n'était pas venu à notre rencontre. Mehdi s'était endormi sur son lit en pleine lumière, *Robinson* encore ouvert sur le torse et le chat allongé contre lui. Nous nous sommes demandé, Antoine et moi, si nous devions le laisser et avons échangé un regard déçu et des grimaces muettes. Je voulais que Mehdi puisse se reposer mais comprenais qu'Antoine n'était pas venu pour passer l'après-midi seul. Aussi, je gagnai du temps en lui proposant à boire et l'installai devant l'ordinateur. Pour ne pas lui donner l'impression que je me débarrassais de lui, je lui posai quelques questions sur ses vacances, ses parents, et la rentrée toute proche. Mais la conversation dura quelques minutes à peine, Antoine n'avait rien à dire et je vis bien que les phrases courtes qu'il consentit à lâcher lui coûtèrent beaucoup. Alors la journée s'est poursuivie le plus absurdement du monde, moi décidant enfin de fixer les plinthes entreposées depuis plusieurs semaines dans le garage, Antoine tapant sur le clavier de l'ordinateur, contraint de dialoguer avec des copains absents, et Mehdi endormi encore pour un long moment. Si Antoine n'avait pas été là, tout aurait été simple, je serais resté devant la télévision à changer de chaîne et regarder des images de savane africaine ou de personnages sirotant des cocktails au bord d'une piscine, j'aurais laissé filer l'après-midi en attendant le retour de ma femme, me promettant de faire mieux le lendemain. Mais la présence d'Antoine empêchait le cours normal des choses, sa présence, même discrète, m'obligeait à apparaître comme un parent, et être parent c'est s'activer, aller et venir, veiller, construire, c'est l'image que j'en avais. Je ne pouvais supporter qu'un témoin m'aperçoive en pleine inaction, l'inertie ne souffre aucun regard, on se l'accorde en privé comme une faiblesse pas jolie. Alors, après avoir remis mon short et mon débardeur, j'ai transporté les plinthes, je les ai sciées à la bonne longueur, j'ai sorti le marteau et les clous. Mehdi est arrivé au milieu de mon petit chantier, sans doute réveillé par le bruit, les lèvres gonflées, la peau presque transparente et les yeux mi-clos, sans un regard pour Antoine. Il s'est assis au fond du canapé sans rien dire, son chat entre les mains, il voulait juste être là, dans la même pièce que moi. J'avais l'impression qu'Antoine était une contrainte, un embarras, et, agenouillé par terre au milieu de mes outils, je commençais à sentir l'énervement me gagner, je savais que Mehdi n'y était pour rien, qu'il avait toutes les excuses pour afficher un visage las mais je ne pouvais plus supporter de le voir vivre en autarcie avec son chat, recroquevillé sur lui-même, alors qu'un copain attendait dans la pièce d'à côté. Je ne voulais plus entendre parler de maladie, de différence, de cas particulier, je voulais simplement que mon fils ait une vie normale et cesse de me mettre sous le nez son corps et son esprit souffrants. Je voulais que Mehdi et Antoine partagent les mêmes jeux, oublient les adultes et s'inventent un univers commun, au lieu de quoi un mur se montait entre deux mondes et ce mur, je le détestais. J'ai parlé à Mehdi sur un ton trop vif, sans qu'il réagisse, comme s'il n'était pas concerné. Je l'ai brusqué, je l'ai pris par la main pour qu'il se lève, qu'il quitte enfin le canapé, j'ai volontairement éconduit son chat, et j'ai évité le pire de justesse, j'ai évité de le prendre par les épaules et de le secouer, parce que j'aurais eu peur de lui briser les os. Je l'ai planté là au milieu du salon, et sans rien ajouter à part un immense soupir, je suis sorti sur le perron, fermant la porte violemment derrière moi. J'ai mis un coup de poing dans le mur en retenant un cri pour que les garçons n'entendent pas. J'ai écrasé l'arête de mes phalanges contre le crépi et j'ai juré en silence, j'ai imploré je ne sais quels dieux, j'ai mesuré l'intensité de la solitude qui était la mienne, je n'avais personne à qui je pourrais raconter, personne qui accepterait de voir ce qu'était devenue mon existence. J'ai continué de respirer dehors dans l'air lourd de la fin août, regardant les tilleuls sans plus les voir, considérant le bout de terrain vague qui entourait notre maison, et j'ai eu pitié de ce que j'étais, une moitié d'homme incapable de faire face, un pauvre type. L'énergie qui m'habitait il n'y avait pas si longtemps avait doucement reflué et le moindre geste était comme une montagne à gravir. Après être allé chercher une bière que j'ai bue doucement, assis à l'ombre contre le mur, et avoir laissé quelque chose se dénouer en moi, après avoir retrouvé mon souffle, je me suis remis sur mes jambes, presque décidé, et j'ai proposé aux garçons de m'aider à poser les plinthes, sans leur laisser le choix. J'ai ajouté sur un ton faussement léger que l'un pourrait scier le bois à l'aide de la boîte à onglets, et l'autre peindre. J'ai tout préparé et c'est Antoine qui s'est emparé le premier de la petite scie métallique mais il manquait de poigne et j'ai dû accompagner son mouvement en lui donnant l'illusion que c'était bien lui qui œuvrait. Puis j'ai disposé des journaux sur le sol avant que Mehdi commence à tremper son pinceau. Il s'est agenouillé en rechignant mais a tenu à appliquer seul la première couche de blanc. Les garçons ont fini par se parler, par comparer l'avancée de leurs travaux et le salon s'est changé en un chantier, modeste et assez inefficace, mais un chantier quand même, une entreprise plutôt gaie. Nous avons transporté les plinthes dehors, pour que la peinture sèche pendant le goûter, puis j'ai proposé qu'on en finisse, je n'aurais plus qu'à fixer le bois. Ma femme est arrivée plus tôt que prévu et elle a eu l'air gênée par le désordre, sans même mesurer la prouesse que nous venions d'accomplir. Non, elle a seulement vérifié que Mehdi se sentait bien et demandé si nous allions ranger bientôt. Elle s'est ensuite laissée tomber dans l'unique fauteuil, la tête encore au bureau, se plaignant d'une réunion inutile. Je l'écoutais, mais d'une oreille (je commençais à clouer les plinthes au bas du mur), nous étions l'un et l'autre face à des réalités si différentes, elle accaparée par le monde extérieur, triste de perdre le fil avec ce qui se passait à la maison, se sentant coupable forcément de ne pouvoir agir ici et là à la fois, de ne pouvoir assener ici et là son désir de perfection, et moi déjà loin de la vie professionnelle, enfermé dans une autre bulle. Ma femme continuait de vider son sac quand on a frappé. C'était la mère d'Antoine qui arrivait, elle aussi très tôt. Les deux femmes se sont saluées dans l'entrée avec un empressement ridicule, ma femme embarrassée par le bazar dans le salon n'a pas osé la faire entrer, aussi l'a-t-elle introduite assez maladroitement dans la cuisine, m'isolant derrière la porte comme si je n'étais pas digne d'être présenté, à quatre pattes en short et mouillé de transpiration. Les deux femmes se sont occupées des garçons, poussant quelques cris d'exclamation, ont déplacé leurs pas vers les chambres à coucher et j'ignore ce qui s'est dit et comment la journée (que ni l'une ni l'autre n'avaient vécue) fut résumée. Après j'ai entendu des voix dans le couloir, puis un moteur qui démarrait et là j'ai ressenti une douleur vive. Personne n'avait jugé utile de venir me parler, encore moins de me remercier. Antoine ne me disait pas même au revoir et sa mère m'ignorait. Je ne savais à qui revenait la faute. À ma femme qui m'avait soigneusement évincé, pas fière sans doute de montrer son mari, désormais homme au foyer et aussi homme de peine, manœuvre devenu invisible ? Ou à moi-même qui m'étais laissé disqualifier sans protester, complice malgré moi ? Ce soir-là avait été pénible parce que je prenais conscience que ma place changeait. J'étais pourtant chez moi, propriétaire de ma maison, signataire du prêt à la banque, père de mes deux enfants, pleinement père justement, et pourtant quelque chose glissait, ou plutôt me faisait glisser sur le côté. Quelque chose m'ôtait la parole tout simplement parce que je n'avais pas grand-chose à dire de la journée écoulée, je ne savais quoi raconter. Je n'avais côtoyé personne d'autre que des enfants et je n'avais rien accompli de remarquable. J'aurais pu reprocher à ma femme de m'avoir isolé derrière la porte, comme un insecte indésirable, mais je n'avais rien osé dire, de peur qu'elle s'emballe. Je n'avais pas eu l'énergie de mettre en scène ma frustration, parce que c'était la tristesse qui l'emportait, je sentais bien que je n'allais pas séduire ma femme encore longtemps dans mon rôle d'infirmier. La résignation et la faiblesse attirent-elles les femmes ? Ce soir-là avait été pénible parce que je percevais ce que personne encore ne voyait. C'est moi qui avais mis la table et nettoyé la litière du chat. Alors que ce devait être le rôle de Mehdi, nous étions bien d'accord. Mais Mehdi était fatigué et moi j'avais tout mon temps. Nous nous sommes endormis, ma femme et moi, peu après le repas du soir, dans une indifférence feinte et, pour ma part, un brin de haine naissante.

Je ne voulais pas de cette vie, et pourtant c'était la mienne, unique et précieuse, ma vie d'adulte, comme je ne l'avais jamais imaginée. Je commençais à ressentir avec panique le décalage qui me mettait sur la touche, et à quel point m'épuisaient les efforts que j'arrachais pour lutter, rester dans le tempo, ne pas disparaître. Même l'été qui s'achevait me semblait une donnée abstraite, pour la première fois j'avais eu la sensation de vivre à côté, de ne jamais être là où j'étais. Le vent, le soleil déclinant, le bruit de l'eau près de la maison, je les savais réels mais cette réalité m'avait effleuré sans s'inscrire sous ma peau, j'avais traversé les premiers mois de la maladie de Mehdi comme un dormeur éveillé, tout en moi fonctionnait mais je m'étais absenté. Alors j'ai voulu bouger, introduire à nouveau le mouvement dans mes journées. J'ai pris la décision en quelques heures à peine, j'ai voulu acheter une Vespa. J'ai commencé à regarder les petites annonces sans en parler à ma femme, de peur qu'elle trouve mon idée farfelue et brise ainsi mon élan retrouvé. J'ai gardé le secret pendant plusieurs semaines, m'isolant chaque jour pour téléphoner. J'espérais une jolie Vespa rouge comme celle que possédait mon père quand j'étais enfant. J'ai eu envie de retrouver les courbes arrondies du deux-roues, la jupe derrière laquelle je pourrais glisser mes jambes, et le compteur unique sur lequel oscillait l'aiguille, chahutée dans sa trajectoire par toutes les vibrations. Après avoir parlé au téléphone avec plusieurs vendeurs, j'ai flairé le bon, j'ai su, à la voix de mon interlocuteur, modeste et précise, qu'il détenait l'objet idéal, équipé de sacoches de cuir d'origine, je n'en demandais pas tant. Seul le prix était un peu fort, j'avais calculé que j'avais besoin de cet argent pour monter le mur de moellons qui devait clôturer notre terrain. J'ai tranché et opté pour la Vespa. Le mur pourrait attendre. J'ai annoncé la nouvelle un soir juste avant le repas, craignant tout de même que ma femme juge la dépense superflue, mais non, ce qu'elle comprenait est que je pourrais à mon tour faire des courses et l'alléger parfois. Oui, je pourrais faire des courses mais surtout je pourrais emmener Mehdi derrière moi sans qu'il fasse aucun effort, il n'aurait qu'à s'asseoir et s'accrocher à ma taille. J'ajoutais que je pourrais emmener Lisa aussi, mais Lisa me fit comprendre qu'elle n'avait pas besoin de moi pour se déplacer. Le lendemain j'étais chez le vendeur, un homme d'une soixantaine d'années, qui se séparait de sa Vespa pour cause de retraite anticipée. Il travaillait avant dans l'usine d'ampoules électriques près de l'imprimerie et s'était vu mettre sur la touche plus vite que prévu. Il se demandait alors à quoi lui servirait sa Vespa, puisqu'il pouvait acheter le pain et les cigarettes au bas de son immeuble. Il me laissait repartir avec sa compagne de toujours sans même ressentir un pincement au cœur, c'est en tout cas l'impression qu'il donnait. J'étais sans doute plus ému que lui, prompt à le ménager dans chacun de nos échanges. Dans un élan de générosité et sans doute pour ne pas faire les choses à moitié, il voulut aussi me léguer son casque (un bol à l'ancienne assez crasseux) et sa chaîne antivol. Je pris la chaîne que j'enfermai dans une des sacoches, mais lui laissai son casque, soulignant que c'était un objet personnel et qu'il devait le garder comme souvenir, ce qu'il ne comprit pas, non il n'avait pas l'air de vouloir retenir un quelconque souvenir. Quand mon père était mort, j'en avais voulu à ma mère de n'avoir pas conservé certaines de ses affaires, c'est idiot mais c'est ce à quoi j'avais pensé quand je suis allé acheter la Vespa, je voulais que les enfants de cet homme, s'il en avait, puissent retrouver son casque dans le garage qu'ils fouilleraient après sa mort. Après avoir inspecté la Vespa sous tous les angles, après que j'eus fait un tour entre les immeubles de la cité, il m'invita à monter chez lui pour signer les papiers et boire un café qu'il me servit dans un verre. Je me souviens de mon retour à la maison ce jour-là, je roulais sans me presser sur la Vespa impeccablement rouge, filant dans l'air de septembre déjà frais, les mains accrochées aux poignées, écoutant attentivement le moteur et me félicitant qu'il tourne comme une horloge, heureux tel un adolescent à bord de son premier deux-roues. Je me souviens de ce moment particulier, c'était le commencement d'une ère nouvelle, celle où je pourrais installer Mehdi derrière moi et sillonner la campagne. Je me sentais détaché du monde, flottant et léger sur les petites routes qui me ramenaient au lotissement. Et quand je fis mon apparition devant la grande fenêtre du salon, les enfants, alertés par le bruit du moteur, vinrent à ma rencontre. Ils tournèrent autour de la chose sans oser exprimer leur déception mais je vis bien dans leur regard que je ne provoquais pas l'effet escompté. Je compris, à leur mine presque moqueuse, qu'entre leur père et eux il y avait une différence, mes rêves et les leurs n'avaient pas la même enveloppe, n'étaient pas faits du même grain. Je perçus comme un fond d'incompréhension, celle d'enfants qui considèrent une Vespa ancienne comme un objet dépassé et ignorent que leurs parents courent parfois après un monde perdu.

Le lendemain, Lisa avait repris les cours et ma femme s'était rendue au travail, préoccupée par une réunion interservices où elle devait épauler sa chef pour présenter les livraisons du trimestre écoulé. Ce n'était pas tant l'énoncé des résultats qui l'inquiétait que le bon fonctionnement du PowerPoint qu'elle était censée manipuler devant quinze personnes sans avoir été formée. Elle s'était levée plus tôt que d'habitude, avait essayé plusieurs tenues devant le miroir de la chambre avant d'opter pour un tailleur-pantalon plus moulant que nécessaire puis s'était enfermée dans la salle de bains en écoutant fort la radio et en laissant derrière elle des effluves de parfum. J'ai sorti la Vespa du garage peu après le repas de midi, assez excité. Quiconque m'aurait aperçu, sifflotant en enlevant le deux-roues de sa béquille et en accrochant au guidon les deux casques flambant neufs, aurait juré voir un homme satisfait. J'ai poussé la Vespa sur la terre battue jusque sur le goudron du lotissement et j'ai attendu que Mehdi apparaisse. Je me suis retenu de ne pas faire immédiatement tourner le moteur, j'avais envie d'entendre à nouveau la belle mécanique. Mehdi ne parvenait pas à fermer la porte d'entrée, il fallait relever la poignée vers le haut et insister. Toutes les portes ont leur truc, le cran qu'il faut trouver, l'inclinaison à ne pas rater, on doit toujours un peu tirer ou pousser, même dans une maison neuve. Avec le casque sur la tête, un semi-intégral chromé, Mehdi ressemblait à un pompier en exercice, le ciel et les grands arbres se reflétaient sur sa tête. Je démarrai enfin et Mehdi se logea à l'arrière sans trop me coller. Je fis quelques tours de lotissement pour qu'il trouve bien sa place sur la selle puis je mis les gaz, on n'était pas là pour rigoler.

Rouler en ligne droite sur une route à grande circulation ne procure aucun plaisir, seule la peur vous prend quand une voiture ou, pire, un camion vous dépassent. La balade en deux-roues nécessite la route à soi tout seul, un temps doux, ni vent ni pluie, et le moins de nids-de-poule possible. Il faut aussi un horizon dégagé pour que les yeux se perdent, et un paysage changeant, un enchaînement de petits privilèges, des toits sur lesquels se reflète le soleil, un pont de bois sur une rivière, un héron qui s'envole. Il faut une suite de virages pas trop serrés, une côte marquée, puis une descente en roue libre, sans le bruit du moteur. Tout ce qu'on saisit quand on fend l'air en deux-roues et qu'on ne soupçonne pas depuis l'habitacle d'une voiture : l'odeur de l'herbe après la pluie, celle du goudron écrasé de chaleur, et le doux de l'air qui s'engouffre dans les manches, remonte le long des os. C'est ce que je voulais, partager avec Mehdi des moments sans parole, sentir contre mon dos son corps léger que j'espérais ouvert aux sensations nouvelles. Nous avons roulé une vingtaine de minutes seulement et pour tout dire je n'étais pas vraiment tranquille. Même si je sentais la pression de ses mains sur mes hanches, je percevais la présence un peu raide de son torse, aussi je surveillais l'expression de son visage dans le rétroviseur. Je surveillais, je guettais, j'espérais. C'était désormais ma façon d'être avec Mehdi, j'avais appris à me contenter d'instants provisoires, je savais que tout pouvait être compromis. Nous nous sommes arrêtés près d'un petit bois et nous sommes assis à l'ombre. Les gestes de Mehdi me rassuraient, calmes mais soutenus. Il avait enlevé son casque seul, s'était gratté le crâne et m'avait adressé un sourire entendu, qui disait qu'il était bien présent. Puis Mehdi avait cessé de bouger, il avait mis les bras autour de ses jambes et regardait les fourmis qui avançaient le long de ses chaussures et transportaient des brindilles écrasantes. Je m'allongeai près de lui et laissai mes yeux fixer le ciel de septembre déjà chargé d'humidité. Je ne savais en cet instant si je préférais être le père de Mehdi ou une fourmi inconsciente qui marche vers son but, inexorablement. J'étais là, étendu sur le bord d'une route déserte alors que tout le monde était occupé à travailler, transporter des palettes, manœuvrer une machine, calculer un pourcentage, convaincre un client, expliquer une règle de trois à des enfants, j'étais là dans le vide sidérant d'une journée d'automne à évaluer les nuages qui avançaient au-dessus de ma tête, à suivre la trajectoire d'un avion jusqu'à ce qu'il disparaisse, à fixer les branches des châtaigniers qui se balançaient à l'orée du bois. Et je me disais qu'il fallait que j'apprécie ces moments, que je devais les retenir pour m'en souvenir toujours. Mehdi bougea enfin et demanda de l'eau puis, las de rester à ne rien faire, il voulut apprendre à conduire la Vespa. Alors, nous avons blagué un peu, nous nous sommes gentiment toisés, j'ai mis les mains sur ses poignets quand il a pris place sur la Vespa, je lui ai montré comment doser les gaz. C'est dans un chemin légèrement en pente qu'il a tenté ses premières accélérations et, même si j'avais peur qu'il perde l'équilibre, je l'ai laissé piloter en poussant quelques cris. Après nous sommes rentrés en lambinant, ni pressés ni attendus, nous avons longé des champs de maïs et traversé des vignes sur le haut de la colline, croisant deux ou trois voitures, de petites camionnettes utilitaires qui fonçaient sans prendre garde à nous. J'ai cru alors que la Vespa donnait des signes de faiblesse, mais non c'était juste le moteur qui semblait émettre un autre son, peut-être commençait-il à nous être familier.

Pour aller à l'imprimerie ce jour-là, j'ai pris la Vespa. Tony faisait un pot pour la naissance de sa fille, j'avais eu un coup de téléphone la veille, et même si j'avais l'impression qu'il m'avertissait au dernier moment, j'ai pensé que ce serait bien de revoir les collègues. Il payait un coup à boire le soir et tous les gars ne pourraient pas être là, à cause des brigades qui tournent nuit et jour, et puis ceux déjà rentrés chez eux n'allaient pas revenir, on s'en doute. J'y allais un peu pour Manu et puis pour José, j'avais besoin de sortir de la maison et de sentir de l'agitation autour de moi, des paroles, des cris, des rires appuyés, et de prendre dans le dos quelques bonnes bourrades qui me remettraient le moral en place. J'avais envie aussi de boire avec les copains, de trinquer peu importe à quoi, mais de faire tinter nos verres (qui ne tinteraient pas puisque le plus souvent nous buvions dans des gobelets en plastique), de réitérer ce geste qui me manquait, *à la tienne mon vieux*, et de plaisanter sans retenue, sans rien dire qui compte vraiment, des bouts de phrases, quelques mots jetés à la cantonade, des mots sans conséquence le plus souvent idiots mais affectueux, de petits leitmotivs éculés qu'on ressort toute une vie durant, *un de plus que les barons n'auront pas* ou le malin *bois pas de l'eau tu vas t'empoisonner*. Cela me faisait du bien de ne pas être sous contrôle, de ne pas avoir près de moi mon garçon pâle ni ma femme qui ne comprenait pas que les hommes ont parfois besoin de glisser ensemble vers une zone opaque d'échanges bruts, petite régression virile sans témoin. Nous étions rassemblés dans le sas qui conduit aux vestiaires, comme le plus souvent. Tony avait dressé une table recouverte de papier et apporté dans une glacière de la clairette de Die, vin mousseux qu'on pouvait boire avec ou sans crème de cassis, et aussi du mâcon blanc. Nous avons débouché les bouteilles en poussant quelques exclamations exagérément appuyées, des olé de corrida, comme si nous étions privés de vin depuis des lustres. Circulaient en même temps des photos du bébé, qui passaient de main en main et déclenchaient un vague enthousiasme, certains se risquant à quelques commentaires et soulignant que le nouveau-né ressemblait bien à son père. Mais on n'était pas là pour ça, on offrit le cadeau que les copains avaient acheté et auquel je tenais à participer, on était là pour être sûrs qu'on faisait partie de la même tribu et qu'on défendait une cause commune. On était là sous la verrière parce que c'était mieux qu'être ailleurs, c'était mieux qu'être seul. Les gars ont voulu savoir aussi pour moi, si j'allais revenir, si Mehdi ça s'améliorait. Deux femmes s'étaient jointes à nous, Marie qui travaillait à la cantine et Muriel, une intérimaire qui remplaçait un congé maternité à l'acheminement. Et comme les femmes étaient parmi nous, les gars se la jouaient un peu plus classe, disons qu'ils tenaient davantage leurs débordements. Quand ils riaient, ils surveillaient les deux filles du coin de l'œil. La lumière a fini par décliner et on a allumé les néons puis on a poursuivi les tournées d'apéro. Chaque fois qu'un gars envisageait de prendre congé, toute la troupe le retenait pour un dernier verre et nous nous sommes ainsi installés dans la nuit, grisés par la chaleur humaine et le ton des échanges qui avait monté d'un cran. Le sifflement des rotatives nous parvenait par intermittence, quand la rumeur refluait, ce qui ne durait jamais plus de quelques secondes. Nous sommes restés encore longtemps, contrariés à l'idée de devoir rentrer chacun chez soi, mais il n'y avait plus rien à boire et il était tard. Des groupes se sont organisés, pour savoir qui était en état de raccompagner qui. J'ai serré des mains et Ziha et Nouredine m'ont tapé sur l'épaule, me souhaitant bon courage pour la suite, puis ça a commencé quand j'ai voulu franchir la porte. Impossible d'aller droit devant, la clairette m'était montée à la tête sans que je me rende compte de rien, je parlais fort depuis un moment, j'avais toutes sortes d'histoires à raconter, soudain presque jovial, mais je n'imaginais pas que mes membres refuseraient de m'obéir. Je me suis aidé de mes bras pour avancer, je me suis appuyé contre le mur et la nuit m'a paru sans fond quand je suis arrivé dehors, totalement vertigineuse. J'ai cherché la clé de la Vespa et j'ai mis du temps avant de parvenir à l'introduire dans le démarreur. J'ai bataillé aussi un moment pour boucler mon casque. Les gars me conseillaient de rentrer à pied ou de monter dans une des voitures qui m'aurait déposé à l'arrêt d'autobus, mais nous en étions tous au même point je crois, hilares et semi-conscients, excités comme des enfants sans surveillance. Je me suis assis sur la Vespa, j'ai passé la première et j'ai attendu de voir ce qui se passait, à la fois concentré et totalement impuissant. J'ai roulé quelques mètres, la Vespa tenait toute seule, je n'avais qu'à maintenir le cap et regarder droit devant. Mais elle menaçait parfois de taper le trottoir, j'avais beau essayer de fixer un point dans la chaussée, mes yeux finissaient par se perdre et je dérivais. J'ai roulé encore, les pieds tendus de chaque côté pour garder l'équilibre, j'allais au ralenti, heureusement il n'y avait personne sur la route. Quand des phares apparaissaient, j'avais tendance à tirer dangereusement vers la droite, presque à me jeter dans le fossé, puis je revenais et tentais en vain de conserver ma trajectoire. J'ai avancé ainsi, les avant-bras raidis sur le guidon, les narines cherchant l'air frais, épuisé d'accomplir autant d'efforts. Je crois que malgré tout je souriais, le bruit du moteur m'occupait, agaçant comme le bourdonnement d'un insecte, je roulais probablement en surrégime, je souriais parce que je m'enfonçais seul dans la nuit, curieusement je me sentais libre. Je ne me souviens pas de tous les détails du retour, mais cela a dû prendre un temps très long, il me reste l'impression d'un moment qui s'étire, une sensation un peu liquide, beaucoup de flou. Quand je suis entré dans le lotissement, toutes les lumières étaient éteintes et cela m'a surpris, sans doute était-il tard. J'ai coupé le moteur, j'ai fini d'avancer à pied, poussant le deux-roues en essayant de rester debout. J'ai buté contre une plaque d'égout qui pourtant n'avait rien d'anormal, j'ai poussé la Vespa pour arriver jusqu'au garage, mais c'était impossible. Alors je l'ai couchée sur le flanc et je suis resté assis par terre, immobile face au ciel plein d'étoiles. Ma femme est sortie de la maison, sans doute alertée par les paroles que je prononçais à voix haute. Elle est arrivée jusqu'à moi, doucement, sans comprendre vraiment. Elle s'est accroupie, m'a parlé et a essayé de me mettre debout. Il y avait de l'inquiétude dans sa voix, puis elle a commencé à douter. Elle ne voulait pas croire que j'étais rentré seul. Elle me faisait face et me regardait avec insistance, elle dévisageait l'homme qui se trouvait devant elle et cet homme c'était moi, en plein dédoublement, serein mais incohérent. Elle m'entoura de ses bras et, renonçant à me maintenir sur pied, elle finit par s'asseoir près de moi et vint loger sa tête contre mon cou, pas rebutée par l'odeur d'alcool que je dégageais sûrement. Elle n'était pas comme d'habitude, ne formula aucun reproche, elle se mit à rire, tout en s'excusant. Elle riait en me regardant, riait encore, de plus en plus franchement, et je ris avec elle, là assis au milieu du jardin, c'était la seule chose à faire. Une vague inattendue nous secouait et nous maintenait à même le sol, l'un accroché aux bras de l'autre, hoquetant de rire mais misérables, dépendants l'un de l'autre, comme aimantés. Puis les rires de ma femme se firent plus silencieux et elle respira difficilement jusqu'à délivrer des sanglots mal retenus. Je ne voulais pas ça, je ne voulais pas ça ce soir, j'avais envie d'aller au bout de l'ivresse, m'égarer simplement sur un chemin facile. Je ne voulais pas d'émotion ce soir, ni de conscience, ni même de tendresse. Je n'étais capable que d'une chose : m'oublier.

Comment résister à l'attente ? Comment ne pas disparaître dans les zones où rien n'arrive, où aucune action à accomplir ne peut nous sauver ? Je préférais accompagner Mehdi à l'hôpital que rester à ne rien faire, je préférais encore parler avec Vera, respirer les odeurs ennemies de la chambre, me sentir mal à cause du radiateur qui émettait une chaleur oppressante, plutôt qu'être seul avec Mehdi, entre deux vagues de soins, à espérer sans pouvoir agir. Ce n'était pas vivre, mais juste être suspendu au-dessus du vide. Vera comprenait cela, elle nous recevait toujours comme si elle n'attendait que nous. Elle nous rendait uniques, elle nous voyait, elle savait lire sur nos visages ce que nous ne voulions pas montrer. Elle savait quand le père ne parvenait pas à se séparer du fils, quand le père ne répondait plus de rien, elle savait quels mots choisir pour que la terre ne s'ouvre pas sous nos pieds. Vera pouvait recoller les morceaux, faire tenir ensemble ce qui menaçait de s'effriter. Elle savait donner une place à chacun, ne pas minimiser, ne pas ignorer, alors qu'aucun espace n'existe dans une chambre d'hôpital, elle savait y construire une maison, un endroit où boire le café, lire le journal, jouer aux dames. Parler fort aussi, et même téléphoner. Avec Vera, la vie reprenait du souffle, c'était elle qui maîtrisait le tempo, qui donnait les règles du jeu, qui permettait au désordre de régner, aux affaires de se répandre, aux voix de lâcher du lest. Vera décidait si nous pouvions nous lover dans des moments feutrés, faire durer les parenthèses, ou s'il fallait soudain raidir la nuque, rassembler nos affaires et disparaître. Je dis nos affaires, mais c'est de moi qu'il s'agissait, disparaître c'était pour moi, m'en aller, partir, m'éloigner, puisque Mehdi restait. Et c'était bien toute la difficulté, que Mehdi reste et moi pas, que Mehdi habite un peu ici et que moi je rentre au volant de ma voiture, que je parcoure en sens inverse la distance qui séparait l'hôpital de la maison. Au retour, je passais parfois chercher ma femme au travail, je l'attendais sur le parking et je savais qu'au fond elle ne parvenait pas à accepter sa résignation forcée. Alors, de semaine en semaine, au fur et à mesure que la maladie de Mehdi s'installait, et depuis que j'étais entièrement disponible pour lui, au lieu d'être soulagée, au lieu de se consacrer à son travail, ma femme se crispait, c'était comme si elle se consumait, presque sans voix. Elle restait des jours sans rien montrer puis la tension montait d'un coup et elle éclatait soudain, le plus souvent à cause d'un détail. Un repas qu'elle jugeait pas adapté pour Mehdi, une serviette de toilette défraîchie qu'elle ne voulait pas *exhiber* à l'hôpital comme elle disait, ou la présence encombrante du chat qui glissait entre ses jambes. Quand je passais chercher ma femme au bureau au retour de l'hôpital, elle s'arrangeait toujours pour descendre en retard alors que je devinais son empressement à savoir ce qui s'était passé, ce qui s'était dit, comment était Mehdi, si Vera était là. Je percevais, dans les longues minutes qui l'empêchaient d'arriver, comme le signe d'un reproche, une façon de se venger de ma trop grande attention, se venger d'elle-même aussi. Elle apparaissait en bas des marches après tout le monde, après sa chef surtout, qui passait devant la voiture sans me saluer (elle m'avait aperçu une fois seulement) et marchait d'un pas de chef, les talons claquant sur le goudron et l'air absorbé par des pensées importantes. Elle apparaissait alors qu'il ne restait qu'une ou deux voitures sur le parking, alors que j'avais vu défiler tout le personnel pressé de quitter les lieux, et que j'avais deviné en scrutant leurs visages et leurs manières qui était Chassignole, qui était le DRH et aussi le type du commercial dont chacun savait qu'il trompait sa femme avec une des filles du bureau.

Je jouais à ce petit jeu excitant, j'émettais des hypothèses, pour être honnête je les trouvais tous un peu suspects, un peu bancals. Ma femme finissait par avancer jusqu'à moi sans regarder dans ma direction et je me raidissais dans la voiture, triste et sur mes gardes, mais obligé de garder mon sang-froid, parce que ma femme travaillait et moi pas, ma femme se tapait huit heures par jour au premier étage de cette boîte pendant que je faisais de la Vespa avec mon fils, pendant que j'allais dans les magasins, pendant que je regardais la télévision, alors même si je bouillonnais de devoir attendre et attendre encore, que ma femme daigne éteindre son ordinateur, se laver les mains, lisser sa jupe, se recoiffer devant le miroir des toilettes, retoucher son rouge à lèvres, même si j'étais près d'exploser, je ne pouvais me permettre la moindre remarque, j'étais pour ainsi dire à son service, elle dans l'action et moi dans la vie domestique, dans la vie invisible et secondaire. Et pourtant elle m'enviait. Et c'était elle, immanquablement, qui prononçait la première parole désagréable. À peine installée à mes côtés dans la voiture, elle laissait échapper un mot ou une intonation qui me déplaisait. Elle posait une question à propos de l'hôpital à laquelle je ne pouvais pas répondre, elle ne comprenait pas que je n'aie pas pensé à tout. Elle voulait savoir quand-combien-où-pourquoi. Elle ne me trouvait pas à la hauteur, je le sentais bien, elle doutait de moi, elle soupirait gentiment.

Mehdi était malade mais sa tête fonctionnait, son esprit continuait d'émettre des désirs et, je crois, une envie d'apprendre. Le voir ainsi éloigné de l'école nous contrariait, ma femme et moi, et, en bons parents inquiets, nous refusions que notre fils cesse d'être abreuvé par le flot de connaissances qui, pensions-nous, déterminerait sa vie future. Nous rassurait l'idée que Mehdi continue de progresser ou en tout cas qu'il garde les réflexes inculqués depuis l'enfance, lire, écrire, compter et surtout faire des efforts, réfléchir. Nous avions besoin aussi que nous soient donnés un cadre, un objectif, quelque chose d'extérieur à la famille qui nous aurait contraints, aurait agi pour nous. Le proviseur du collège, avec qui nous avions pris un nouveau rendez-vous, comprenait notre demande mais ne savait comment y répondre, il allait tenter de réitérer le système mis en place avec le jeune Ludovic. Nous avions peur que Mehdi perde son année, nous en étions encore là, à imaginer qu'il traverserait ce long tumulte sans pour autant renoncer à manier des règles de grammaire ou réaliser des fractions. Nous pensions encore que perdre une année était dommageable et peut-être même irréversible. Nous nous accrochions à la vie normale, celle que nous connaissions, le seul modèle possible, et accepter que le programme scolaire ne fasse plus partie du quotidien de Mehdi n'était tout simplement pas pensable. Pas encore. Nous en étions alors à croire que la maladie laisse de la place, se tapit dans un coin, sait se faire oublier quand il s'agit de déployer en soi des zones prioritaires tel l'apprentissage, et apprendre était pour nous une de ces zones centrales, un bloc impossible à déplacer. Alors nous étions prêts à tout, faire le siège du bureau du proviseur, téléphoner, rappeler, établir le lien, comme il nous le suggérait, entre l'académie et le médecin scolaire qui devait se saisir du dossier, nous étions prêts à organiser nous-mêmes des rendez-vous, à inventer un processus, à détourner la législation. Des enseignants pourraient être détachés à domicile, c'est-à-dire chez nous, à la maison, le protocole le prévoyait, mais dans certains cas seulement, dans quels cas ? Dans quelle proportion ? Dans quel contexte ? Il fallait remplir un dossier, et nous remplissions des dossiers, il fallait contacter l'assurance scolaire, qui prenait en charge les coûts, et nous contactions l'assurance, qui nous demandait un formulaire de l'académie, qui nous demandait un certificat d'hospitalisation, et nous prenions le téléphone, nous laissions des messages, nous attendions qu'on nous rappelle, nous attendions qu'on nous dirige. Nous nous changions en petites choses dépendantes, nous devenions dociles et extrêmement courtois, nous en étions à espérer entrer dans les cases, nous priions pour que le « dossier Mehdi » réponde aux critères, personne ne pouvait nous les donner, il arrivait que nous nous énervions, que nous laissions échapper au téléphone des mots agacés mais nous nous ressaisissions dans l'instant, nous redevenions exagérément polis, glissant vers une soumission qui nous faisait horreur mais que nous n'étions pas capables d'éviter. Nous étions portés par l'espoir que Mehdi alterne les séjours de soin et les cours à domicile, nous projetions un emploi du temps parfait, l'hôpital ici et l'école là, le corps et le cerveau, nous refusions d'envisager la maladie comme un empêchement, nous refusions de nous coucher devant cette impossible fatalité, non, nous étions des parents responsables, nous allions développer chez Mehdi ce qui pouvait encore être développé, nous allions protéger ce qui pouvait l'être, nous voulions que Mehdi soit traversé lui aussi par des histoires de Vikings, des théorèmes de Pythagore et de Thalès, des verbes irréguliers.

Mais rien ne venait encore de l'académie, et bientôt ce seraient les vacances de la Toussaint, rien n'avançait tout à fait, alors j'ai décidé que je pourrais me charger moi-même de l'éducation de Mehdi. Je n'avais jamais été une lumière mais je pourrais proposer des choses simples, des exercices ordinaires pour commencer, quelques règles de trois, ça ne lui ferait pas de mal. Je me suis procuré les livres et j'ai redécouvert ce que je pensais avoir oublié, j'ai feuilleté les pages avec appréhension, le soir dans mon lit, ma femme penchée par-dessus mon épaule, et j'ai parcouru le programme d'histoire et de géographie en me demandant comment on pouvait retenir tout ça. J'ai pensé qu'il fallait que j'apprenne d'abord et que je raconte à Mehdi ensuite, ou alors devions-nous lire ensemble ? Peut-être suffisait-il que je donne à Mehdi une page chaque jour, qu'il me résumerait ensuite ? Être professeur, ce n'était donc pas rien. Je ne savais comment m'y prendre mais j'étais heureux de mon idée, les choses allaient bouger, je ferais vivre la maison autrement et surtout je trouverais un moyen de contourner la maladie, de la contrer. Nous allions lui opposer une résistance nouvelle.

Quand j'ai proposé à Mehdi de se plonger dans l'histoire des pharaons, deux jours après son retour de l'hôpital, il m'a demandé pourquoi les pharaons, il n'a pas compris ce que j'essayais d'entreprendre, il ne semblait pas concerné. Et puis il a accepté de m'accompagner dans ce nouvel emploi du temps, puisque je le souhaitais avec autant d'ardeur, il a fini par glisser son désir dans le mien. Il a accepté de me laisser inventer des règles nouvelles, de me donner cette illusion. Il me regardait, je crois, autant que je le regardais, mais je ne l'ai pas vu à ce moment-là. J'ai posé le livre d'histoire sur la table de la cuisine, ouvert à la page du grand chapitre sur « Les dieux et les hommes dans l'Égypte ancienne », et j'ai commencé à lire, doucement, en respirant souvent. Je me suis rendu compte que je n'avais pas lu à voix haute depuis des années sûrement, et sont revenus les tremblements qui avaient été les miens quand j'avais prononcé devant une petite assemblée un semblant de discours le jour de mon mariage, qui tentait de dire, en quelques mots, mon bonheur de voir réunis autour de moi ceux que j'aimais, je me revoyais, le papier entre les mains, maladroitement rédigé, bouleversé par la présence de ma femme à qui je venais de dire oui. J'étais là, assis à côté de Mehdi et je ne sais pourquoi je tenais à lire cette page sur la mythologie égyptienne à voix haute, peut-être parce qu'il fallait qu'entre lui et moi soit posé quelque chose de palpable, et ma voix était tout ce que j'avais trouvé pour créer une présence dans la cuisine, comme une troisième personne, un signe extérieur, il fallait quelque chose entre nous deux. Très vite apparurent les pyramides et la vallée du Nil, les pharaons et les hiéroglyphes, les temples et les croyances, et nous n'étions plus là face à l'évier et à la hotte aspirante, mais face aux dieux égyptiens et au mythe d'Osiris, qui, pendant quelques minutes, nous fascina. Mais quand je me mis à lire l'histoire terrible et magique d'Isis et Osiris, que, je dois bien avouer, je découvrais, j'omis de donner certains détails, et je passai lâchement sous silence une donnée essentielle de la légende : lorsque Isis voulut reconstituer le corps de son époux défunt dont les membres avaient été éparpillés aux quatre coins du royaume, manquait le phallus, qu'elle dut remodeler avec de l'argile pour parvenir à s'accoupler. Je ne sais pourquoi je laissai de côté ce détail sidérant. Je ne me sentais pas de parler avec Mehdi de phallus et d'accouplement, c'était idiot, je ratais l'occasion de me rapprocher de lui, de lui dire ce que je ne lui dirais peut-être jamais. Mehdi écouta avec attention et voulut savoir pour les bandelettes et l'embaumement, puisqu'il apprenait en même temps que moi qu'Osiris était la première momie de l'histoire égyptienne. Alors nous avons parlé de sarcophages, d'offrandes et de canopes, nous avons évoqué le corps et l'esprit et le détail des rites funéraires égyptiens sans que rien soit jamais morbide. J'insistai un peu le soir, quand nous nous retrouvâmes tous les quatre à table, pour que Mehdi ait quelque chose à partager avec Lisa, je relançai l'histoire de l'abominable sort fait à Osiris, et Mehdi raconta, avec beaucoup de détails, comment Osiris devint le souverain du Royaume des morts.

Je devais à présent monter le mur autour de la maison, j'avais gagné du temps mais la saison des pluies revenait et la rivière menaçait d'envahir notre terrain. L'eau coulait dans son lit en un débit puissant et le niveau était monté d'un coup, atteignant par endroits les troncs des tilleuls qui commençaient à tremper. Nous savions qu'il suffisait d'une nuit pour que les tourbillons atteignent la rive, la creusent, l'imbibent et se répandent au plus friable, au plus fragile de la terre. Nous sentions la rivière avancer, son odeur de vase remuée filtrait à travers les fenêtres exposées au nord et ces effluves nous tourmentaient quand nous nous laissions surprendre. J'ai voulu agir, d'un coup, sans rien avoir préparé, ce qui n'était qu'un projet ne pouvait plus attendre. J'ai demandé aux Orsini, eux savaient, les matériaux, les dosages, les fournisseurs, les pièges à éviter. Nico m'a dit que j'allais devenir beau à force de faire du ciment, un vrai athlète, il a dit que c'était ma femme qui serait contente. Des moellons, du ciment, une truelle, un niveau à bulle, une grande pelle. Du sable et de l'eau. Des bottes. Et puis louer une bétonnière. Des heures, des pelletées, des gestes répétés, des crampes dans l'épaule et le dos. Mais des muscles enfin, j'allais être un homme agréable à regarder. Une fois mon café avalé, une fois sûr que Mehdi était bien calé contre des coussins, se délectant pour la énième fois de la façon dont Robinson avait obtenu de la lumière avec la graisse d'une chèvre qu'il venait de tuer, je mettais la bétonnière en marche et puis je me laissais aller à son rythme, je mélangeais le sable, que j'attrapais à grandes pelletées, le ciment et l'eau. Même dans la fraîcheur de novembre, je transpirais. Je m'arrêtais parfois et observais la pâte qui prenait dans le malaxeur et ma tête s'imprégnait du bruit du moteur, ma tête se vidait petit à petit et je me remettais en route, mécaniquement, seuls mes gestes m'occupaient, dosés, répétitifs, laborieux. J'avais mal dans chacun de mes membres, et les courbatures de la veille étaient douloureuses mais j'aimais ce combat quotidien livré contre moi-même, je cherchais la meilleure façon d'orienter la pelle dans le tas de sable, de la soulever pas trop remplie puis de délester son contenu en le faisant glisser jusque dans l'antre de la bétonnière, sans que mes appuis vacillent, sans que mon dos soit sollicité trop cruellement. Ce que j'aimais dans l'effort, c'était apprendre à le doser, pour ainsi dire l'aménager, chercher l'astuce qui rendrait moins dure la tension physique, trouver le bon appui, la position idéale sur mes jambes qui, tout à coup, existaient comme jamais. Et aussi mes abdominaux, qui durcissaient sous la peau chaque fois que j'enfonçais la pelle dans le tas de sable. J'avais creusé juste avant une petite tranchée, qui m'avait coûté quelques heures d'acharnement et occupé une partie de la semaine. Je parlais de la tranchée à ma femme, qui ne mesurait pas l'ampleur de mon travail, qui m'écoutait, me regardait pourtant quand elle rentrait le soir, sans prendre la peine de comprendre. Et c'était idiot parce que cette tranchée j'en étais fier, elle faisait trente centimètres de profondeur, c'est ce que m'avait conseillé Orsini, j'avais suivi l'exemple, et je me disais chaque fois que j'extirpais quelques décimètres cubes de terre qu'Orsini finalement avait eu du courage, je l'avais jugé un peu vite à son canapé de cuir blanc. Mais là, alors que je me mettais debout sur la pelle pour la lester de tout mon poids, je me rendais compte à quel point il avait dû en baver, parce que son terrain faisait bien le double du mien. Ce qui me procurait le plus de plaisir, c'est quand je soulevais un moellon et que je le plaçais à l'exact endroit, l'ajustais là où je venais de répandre le ciment, bien campé sur mes cuisses écartées. Je posais alors le niveau à bulle et je vérifiais la justesse du travail. J'allais parfois chercher Mehdi à l'intérieur pour qu'il ait une bonne raison de se lever, enfiler un anorak et marcher quelques mètres jusqu'au mur en construction. Je lui demandais d'approcher son œil, d'évaluer si la bulle était au bon endroit, bien centrée. Je lui laissais cette responsabilité qu'il assumait avec sérieux, pas toujours heureux que je le déloge de la nébuleuse dans laquelle j'avais peur qu'il s'installe. J'aimais bien cette épreuve de vérité, j'ai toujours été fasciné par les niveaux à bulles. Si le niveau n'était pas droit, Mehdi avait le regret de m'informer que je devais recommencer, placer le moellon autrement, faire jouer le ciment avant qu'il soit trop tard, et il ne se gênait pas pour annoncer : Mur tordu, toi refaire. Alors je remettais mes gants et cherchais le bon équilibre. J'ai finalement monté tout un mur d'un mètre vingt de hauteur du côté de la rivière, il m'a fallu plusieurs semaines, c'était beau à voir. Après il faisait trop froid, il s'était mis à geler. Et bien que ma femme m'ait encouragé à poursuivre, je n'ai jamais eu le courage de monter les autres côtés.

Beau à voir, façon de parler, parce qu'un mur, on ne peut pas dire que c'est beau et je n'avais pas imaginé que nous nous sentirions à ce point coupés des arbres et de l'eau. Je me demandais si je n'avais pas monté le mur trop haut, si je ne m'étais pas précipité. Mais c'était à cause de l'actualité que j'avais agi, nous avions vu, quelque temps auparavant, des images d'inondation à la télévision, et ma femme avait pris peur, elle m'avait demandé pourquoi nous restions à nous croiser les bras, alors que le courant menaçait derrière la maison. Elle prétendait même qu'elle l'entendait la nuit, tandis que nous dormions toutes fenêtres fermées dans le confort des radiateurs. Mais la rivière s'était introduite dans sa tête, avait filtré dans chacun de ses pores, la rivière, qu'on avait un peu oubliée les mois précédents, était devenue tout à coup notre préoccupation première, et ma femme entendait parler de fleuves qui débordent, d'eaux qui dévastent tout sur leur passage, dévalant des montagnes, torrents fougueux, vagues indomptables, eau et boue mêlées, meurtrières et sans pitié. La nuit, elle se réveillait parce que l'eau, disait-elle, était à la porte de la maison, et j'ouvrais les yeux, soudain paniqué, et je n'osais poser le pied par terre de peur de sentir une immense flaque glacée se répandant déjà sur le sol. J'allumais la lampe de chevet, le front en sueur et le cœur palpitant, et heureusement nous étions bien au sec, j'avançais jusqu'à la porte d'entrée, j'ouvrais avec appréhension. Rien n'avait bougé dehors, je percevais le tumulte de l'eau qui avançait sous la lune avec une force inquiétante, mais restait dans son lit.

Je n'avais pas pensé que l'hiver serait aussi hostile et qu'il nous priverait tant. Quand nous habitions notre appartement, nous avions conscience des changements de température, mais jamais je crois nous n'avions perçu réellement l'alternance des saisons. Le gel dura plusieurs semaines et ce fut comme s'il prenait la maison dans un étau, et la maison ressemblait à une maquette aux murs très fins, isolée sous des arbres devenus de simples silhouettes. Le sol s'était durci et le silence appuyait de tout son vide contre les cloisons. Habiter la maison était comme vivre sur une île. J'aurais pu me laisser pousser la barbe et attendre qu'on vienne nous sortir de là. Je devenais un homme archaïque, qui se terrait, ne bougeait plus que pour survivre. J'aurais pu faire du feu, mais la chaudière marchait toute seule, nous avions même un thermostat qui agissait à notre place, qui prenait pour nous la température et convertissait cette donnée en un nombre de tours par minute approprié. J'aurais pu sortir dans la campagne couper du bois, ou avancer un fusil à la main en vue de débusquer du gibier pour notre repas du soir, mais des steaks calibrés attendaient au congélateur, je n'avais pas besoin de me donner cette peine-là. Alors je me laissais anesthésier par la chaleur, je restais debout derrière les vitres et je regardais dehors, sans voir vraiment, comme si j'attendais qu'arrive de l'extérieur la solution à notre isolement. Je passais d'une fenêtre à l'autre, du sud au nord, puis je marchais dans le couloir jusqu'à la chambre de Mehdi, qui la plupart du temps rêvait près du globe terrestre qu'il avait reçu à Noël, et la chambre était nimbée du bleu des océans, qui projetaient leur promesse jusque sur les murs. Je m'asseyais près de Mehdi sur le bord du lit, et je ne pouvais quitter des yeux le globe que je faisais tourner lentement, à la recherche du territoire idéal, l'endroit dont nous aurions pu rêver, un ailleurs lointain et minuscule, une tête d'épingle dissimulée sur un continent qui, peut-être, n'attendait que nous. Je restais de longs moments à écouter la respiration de Mehdi en même temps qu'il caressait son chat. Nous laissions nos regards divaguer de déserts en rivages, sans nous fixer jamais sur aucun point, poursuivant toujours notre exploration, comme s'il s'agissait d'une fuite sans fin. Je ne regardais pas Mehdi, je le sentais, lui touchais la main, je tournais la tête vers la fenêtre, et quand j'étais sûr que la lumière ne rentrerait plus, je fermais les volets.

Mon arrêt maladie, déjà renouvelé plusieurs fois, arrivait à sa fin et il fallait que je prenne un nouveau rendez-vous avec Palabaud. Mais je ne parvenais pas à téléphoner. Ce rendez-vous m'obsédait et pourtant j'oubliais d'appeler, j'y pensais au moment des repas, quand le cabinet du docteur est sur répondeur, j'y pensais le soir quand il soigne à domicile. Quelque chose m'empêchait d'agir. Ma place était à l'imprimerie avec Manu et José mais depuis des mois j'étais un imprimeur qui n'imprime pas, une race étrange un peu suspecte, comme un homme sans patrie, un chasseur sans gibier, un errant illégitime, rêveur ou usurpateur, qui ne sait plus très bien qui il est. Sans mon étiquette d'imprimeur, je ne pouvais plus prétendre à rien, je ne savais comment m'arranger avec ça. Étais-je en train de me glisser dans la peau d'un autre, qui ne me ressemblait pas, un autre par défaut, un type que je n'aimais pas, que j'avais tendance à mépriser parce qu'il ne se révoltait pas ? Bientôt une année que Mehdi alternait la vie à la maison et les séjours à l'hôpital, que nous marchions doucement dans le couloir de peur de le réveiller, que nous nous levions plusieurs fois par nuit, ma femme et moi, pour vérifier qu'il respirait bien. Bientôt une année que nous négligions nos amis, notre famille, nos sorties, que nous ne savions plus comment être avec Lisa, lui accordant parfois une liberté excessive, nous reprenant soudain sans autre raison que la panique qui s'emparait de nous, la délaissant dans ses études puis au contraire la soutenant avec force, nous ne savions plus comment parler à Lisa, devions-nous être plus doux ou plus fermes, devions-nous lui livrer nos doutes ou afficher un rôle de parents qui agissent, qui assurent en toutes circonstances, qui montrent l'exemple, celui où la morale est sauve et l'énergie intacte ? J'ignorais finalement ce que c'était qu'être parent. Était-ce cette chose monstrueuse qui consiste à faire croire qu'on sait alors qu'on est submergé, qui consiste à guider tous feux éteints ? Ce n'est pas ainsi que je formulais ces questions, en fait je ne pensais pas, j'étais bien incapable de composer une phrase avec les mots dans le bon ordre, mais c'est ce que je ressentais, dépassé par l'énormité de ce qui arrivait, mais sommé de donner malgré tout la direction. C'est pour cela sans doute que je ne parvenais pas à téléphoner à mon médecin pour qu'il prolonge une nouvelle fois l'arrêt maladie. Je ne voulais pas qu'apparaisse dans le cabinet médical l'homme que j'étais devenu et qui allait réclamer encore, qui demandait à être payé sans travailler, qui avait besoin d'une faveur, un type qui ne pouvait pas aller au boulot même s'il avait toutes ses facultés, autant dire un assisté. Oui, je me souviens très bien de mon incapacité à téléphoner alors que ma femme me le rappelait tous les jours, me tannait même en vérité, me mettant une pression de plus en plus insupportable, elle se levait le matin et c'était la première idée qui lui traversait l'esprit, il fallait que j'appelle Palabaud, elle rentrait et me demandait si j'avais eu Palabaud, si je voulais la voiture pour aller chez Palabaud, et la vie devenait invivable, parce que Mehdi restait de plus en plus souvent couché dans la chambre du fond mais aussi parce que ma femme s'adressait à moi comme si j'étais un enfant, me donnait des conseils qui ressemblaient à des ordres, me parlait sur un ton nouveau avec un aplomb qui rendait ses paroles rugueuses, employant même des mots qui n'étaient pas les siens et que je la soupçonnais d'emprunter à sa chef, des mots et des bouts de phrases, des verbes comme *envisager* ou *assumer*, oui il fallait que j'envisage de téléphoner et que j'assume de demander un nouvel arrêt maladie alors que je n'étais pas malade. Voilà où j'en étais.

Heureusement l'hiver touchait à sa fin. Un matin, alors que le froid de l'air était encore vif et que je parcourais les quelques mètres pour relever la boîte aux lettres, j'ai su que j'allais sortir la Vespa du garage. J'avais besoin de remuer les bras et les jambes, j'avais besoin de m'ébrouer après la torpeur qui, depuis des mois, avait endormi presque tous mes sens. Je ne sais pourquoi ce matin-là, revenant vers la maison le courrier à la main, je fus saisi par le rayon de soleil qui filtrait au travers des tilleuls, charmé sans doute par la nappe de brume qui flottait au-dessus de la rivière. Peut-être aussi étais-je porté par les bons résultats du traitement que subissait Mehdi, par les paroles encourageantes prononcées par Clavel les jours précédents, oui je crois, à bien y réfléchir, que c'était la voix de Clavel osant avancer que Mehdi résistait bien, qu'il entrevoyait peut-être une pause dans le protocole de soins, sans nous donner plus de précisions, c'étaient les mots choisis par Clavel, d'une prudence extrême mais bel et bien réels et puissants, qui agissaient en moi. Avec ma femme, nous n'avions pas osé nous regarder tout de suite, nous avions attendu de sortir du bureau et de respirer au grand jour sur la petite place devant l'hôpital pour nous tenir les mains et nous serrer l'un contre l'autre, sans parler, sans parler surtout tant nous avions peur de ne pas avoir entendu la même chose, peur de ne pas interpréter les paroles de Clavel de la même façon. Puis nous avions marché dans la rue, redécouvrant les façades des immeubles du centre-ville, nous avions marché côte à côte en nous tenant le bras, conscients qu'il ne fallait pas se réjouir trop vite, retenant le semblant de joie qui montait en nous, nous interdisant de nous laisser aller à un optimisme déplacé. Nous avions marché encore quelques centaines de mètres, nous cramponnant l'un à l'autre jusqu'aux berges du fleuve qui charriait des eaux boueuses et des branchages noirs, nous avions avancé sur le pont, lentement, et l'envie de respirer était forte, l'envie de remplir nos poumons enfin et de chasser les miasmes accumulés depuis des mois. Nous sommes restés debout au milieu du pont, appuyés un temps à la balustrade, dans le vent du sud qui balayait nos visages et agitait les drapeaux fixés sur des mâts au-dessus de nos têtes. Nous ne savions plus ce que représentaient ces drapeaux, si c'étaient ceux de la foire annuelle ou d'une quelconque fête municipale, nous avions l'impression de sortir de chez nous pour la première fois depuis si longtemps, nous redécouvrions le monde qui nous avait échappé, qui s'était éloigné et avait fini par disparaître. Nous étions là au milieu du pont, comme un couple tombé des nues, plus même un couple mais un duo de somnambules tirés du sommeil, regardant sans la voir l'eau qui passait sous la voûte dans une fougue de printemps, débordant sur les rives et inondant les promenades le long des berges. Nous avons attendu que nos cellules se régénèrent, grisés par les assauts du grand air et la lumière qui nous atteignait franchement puis, une fois bien saoulés par l'illusion de la liberté retrouvée, nous avons rebroussé chemin et dirigé nos pas vers les rues protégées du vent, refluant vers notre destin, retrouvant notre voiture laissée au parking souterrain et prenant la route pour rejoindre les enfants qui nous attendaient à la maison. C'était cet élan qui s'était prolongé et m'avait dirigé ce matin-là vers le garage, qui m'avait donné l'énergie de secouer et de plier la bâche protégeant la Vespa. Qui m'avait fait rentrer dans la chambre de Mehdi, enthousiaste et souriant, annonçant que c'en était fini de l'hibernation, que nous allions nous distraire un peu et parcourir à nouveau les chemins. Mehdi avait bougé sur son lit en entendant mes bonnes paroles sans pour autant se décider à se lever, il avait demandé si sa mère était déjà partie au travail et si Lisa rentrerait tôt. Il avait grogné, s'était frotté les yeux, puis il n'avait plus rien exprimé. Je ne savais s'il voulait dormir encore ni comment il se sentait, et comme toujours je n'avais pas osé formuler la question de peur de connaître la réponse. Il ne voulait pas que j'ouvre les volets, il préférait que je commence par allumer son globe terrestre, première étape vers le jour retrouvé. Il avait tourné la tête vers le globe et j'apercevais son torse sous le pyjama déboutonné, agité par une respiration serrée, son torse étroit que je n'avais pas pris contre moi depuis longtemps, désir que je réprimais pour ne pas inquiéter Mehdi, pour ne pas lui montrer comme il était précieux depuis que nous savions que nous pouvions le perdre.

Mehdi ne voulait pas remonter sur la Vespa, pas encore, pas tout de suite, il disait qu'il avait peur d'avoir froid et en prononçant ces mots il restait debout au milieu de la cuisine, le chat sur les bras, frissonnant alors que la température dans la pièce était douce. Je l'ai entouré et j'ai frotté ses épaules pour que la chaleur le gagne, j'ai frotté, j'ai massé, j'ai pris entre mes mains ses muscles fragiles et j'ai malaxé jusqu'à ce qu'il se détende, se tourne vers moi et se pose sur l'un de mes genoux. Je lui ai dit quelques mots à l'oreille, il a répondu à voix basse et nous sommes restés un instant dans la cuisine, les yeux tournés vers la fenêtre qui diffusait des éclats de lumière, désormais silencieux mais heureux de cette étreinte imprévue. Mehdi ne se sentait pas de remonter sur la Vespa, mais il acceptait de venir avec moi dans le garage pour qu'on la fasse démarrer, moment de suspense qu'il ne voulait pas manquer. J'ai dû insister plusieurs fois puis, après quelques faux départs, le moteur s'est mis en route et nous avons poussé des cris de victoire. La Vespa nous serait fidèle, elle nous accompagnerait bientôt à nouveau dans nos virées. Nous avons pris la route le lendemain, après le repas de midi où j'ai veillé à ce que Mehdi avale bien tous les aliments que j'avais préparés, boive une quantité d'eau suffisante et prenne les médicaments nouvellement prescrits par Clavel. Nous avons retrouvé nos gants et nos casques et j'ai demandé à Mehdi de s'envelopper dans une écharpe pour que l'air ne s'engouffre pas par le col de son anorak. J'étais heureux d'entendre la Vespa tourner à nouveau. Je passai la première et, Mehdi accroché à mon dos, nous franchîmes avec soulagement l'entrée du lotissement. Je n'avais pas décidé de notre destination, imaginant que nous allions simplement rouler pour rouler, trouver dans notre trajectoire l'essentiel de notre plaisir. C'est ainsi que se pratique le deux-roues, peu importe d'arriver ici ou là, ce qui compte est le déplacement, la sensation de flotter dans les airs et d'échapper à la pesanteur. Nous avons parcouru la longue ligne droite bordée de platanes encore dénudés, échappée monotone dont j'ai voulu me distraire. Nous nous sommes engagés sur une voie moins fréquentée dont j'ignorais la direction mais l'air plus tiède qui nous enveloppait m'engageait à poursuivre. Nous avancions avec le soleil droit devant, qui commençait à chauffer doucement. J'aime, quand je roule, sentir les courants plus ou moins doux, les nappes d'air qui portent, celles qui piquent et celles, plus lourdes, qui massent et qui enivrent. Les forsythias étaient en fleur et quelques taches jaunes bougeaient du côté de la colline, nous montions à présent une pente étroite et j'avais dans l'idée de faire une pause pour que Mehdi ne souffre pas du dos, depuis quelque temps il devait changer souvent de position et même dans le sommeil il avait du mal à rester immobile. J'ai engagé la Vespa sur un chemin bordé de ronces, il n'y avait rien pour nous asseoir que quelques rochers aux arêtes trop vives, mais nous n'avions pas l'intention de rester, simplement poser le pied à terre et libérer un peu nos fesses tassées trop longtemps sur la selle. Nous avons marché sur le chemin, le casque toujours sur la tête, et nous avons eu la même envie au même moment, pisser contre l'arbre qui nous faisait face, un chêne tout en bourgeons. Alors nous avons ricané en déboutonnant nos pantalons et en projetant chacun un jet le plus loin possible. Et comme Mehdi n'avait pas enlevé ses gants, il a pissé n'importe comment. Après nous avons fait quelques pas, je voulais voir ce qu'il y avait ensuite, et là j'ai aperçu une maison qui semblait abandonnée, des murs robustes mais une toiture défoncée, des volets de bois fracturés et la trace d'un incendie sur la façade. Nous avons approché, doucement, Mehdi ne voulait pas poursuivre mais j'ai insisté, cette maison m'intriguait, je ne l'avais jamais repérée depuis la route, je me demandais qui avait pu habiter là, sur un bout de terre sans autre accès que le chemin étroit. Mehdi ne semblait pas rassuré alors je l'ai pris par l'épaule, nous avons franchi les derniers mètres et, avant de nous trouver devant la porte d'entrée, une rumeur nous est parvenue, que nous ne pouvions définir, nous avons poursuivi en silence, nous tenant l'un à l'autre comme si un danger nous menaçait. Nous nous sommes regardés malgré les casques toujours enfoncés sur nos têtes et leurs visières qui tombaient parfois devant nos yeux. Nous étions en pleine lumière mais totalement isolés et l'idée que tout pouvait arriver dans ce coin étrangement désert me donna envie de revenir sur nos pas. Pourtant avant de repartir je voulais savoir si on pouvait entrer et comprendre d'où venait ce bruit. La porte était murée mais une ouverture à l'arrière permettait de se frayer un passage. J'ai écouté encore avant de franchir les derniers mètres et j'avais l'impression d'entendre de l'eau couler. J'ai avancé, tenant à présent Mehdi par la main, et nous avons pénétré dans la pénombre. Tout était à l'abandon, des planches jetées au sol mêlées à des détritus, papiers et bouteilles vides, un sac de couchage sale, des journaux épars, des bois calcinés, et toujours, entêtante, cette rumeur qui montait du sol.

On aurait dit que la maison était traversée par un cours d'eau qui filait sous la dalle et dont le grondement emplissait tout l'espace. Nous avons senti sous nos pieds une présence mouvante et mystérieuse et avons reculé, pris par la peur d'accéder à un autre monde dont nous aurions pu ne pas revenir. Je ne comprenais pas ma peur, je ne pouvais me l'expliquer, je me demandais pourquoi la maison avait été abandonnée. Nous avons poussé un soupir de soulagement une fois revenus en pleine lumière et avons cherché à parler pour nous rassurer. Le soir, nous étions pressés que rentrent Lisa et ma femme à qui nous avions envie, pour une fois, de raconter notre journée. Autour de la table, la discussion fut agitée et Mehdi, au cœur de l'événement, donnait toute sa version des faits, exagérant l'ampleur du phénomène que nous avions découvert dans ce qu'il appelait « la maison hantée ».

Palabaud m'a reçu le lendemain de mon appel, il semblait pressé de me voir. Il frottait ses mains comme s'il était pris de démangeaisons et se jetait sur le téléphone quand celui-ci sonnait. Il me fit asseoir sans me regarder vraiment et m'annonça qu'il n'avait pas de bonnes nouvelles du côté de la Sécurité sociale. Il se leva encore une fois, ferma la fenêtre qu'il avait entrouverte la minute précédente et me fit enfin face. Il chercha un papier qu'il avait sur le haut d'une pile et me le mit sous les yeux. Je ne pouvais prétendre à un nouvel arrêt maladie, ce n'était pas moi qui étais malade mais mon fils, l'administration était formelle. L'arrangement qui m'avait été concédé ne pouvait se prolonger. Sur le coup, je ne réagis pas, je lus la lettre adressée à Palabaud une seconde fois et c'est en déchiffrant mon nom écrit avec une faute d'orthographe que je commençai à comprendre. J'allais devoir reprendre le travail et trouver une autre solution pour Mehdi. La date de reprise était signifiée, écrite bien au milieu de la page et soulignée. Palabaud était contrarié mais je sentais comme une mollesse s'emparer de lui, je sentais que ce matin-là il aurait voulu qu'on le laisse tranquille, qu'on ne lui en demande pas trop, lui qui se mettait en quatre pour ses patients depuis toute une vie, j'avais l'impression qu'il ne savait plus inventer de nouvelles façons de lutter, qu'il se pliait à l'ordre, au désir du plus fort, j'espérais simplement qu'il ne se résignait pas encore devant la maladie. J'ai essayé de proposer des pistes, de suggérer quelques astuces mais rien n'y a fait. Non, m'a-t-il dit, quand l'administration s'en mêle, on peut pas prendre de risques. J'ai répondu que la seule alternative était que je tombe réellement malade, une dépression ça pouvait arriver, un bras dans le plâtre ? Là Palabaud a fait la gueule, j'ai senti qu'il n'approuvait pas, j'avais atteint la limite, je l'ai vu se raidir derrière son bureau, il s'est levé pour fumer à la fenêtre, c'était mauvais signe. Il a jeté avec un air de dépit : Allez pas raconter partout que votre docteur fume, mais là j'ai un problème sans solution. Après il m'a fait allonger sur la table d'examen, j'ai enlevé ma chemise et desserré ma ceinture. Et comme il ne disait rien je n'ai pas su si la tension était bonne, j'en ai déduit que tout fonctionnait encore, les organes sous la peau pas suspects, le foie bien dans les proportions, l'estomac sans histoires, alors qu'il me faisait mal chaque jour quand j'entrais dans la chambre de Mehdi, les poumons rien à redire, des cavités saines à droite comme à gauche, les battements du cœur un peu rapides mais c'était la moindre des choses, le ventre plat, ventre de mes vingt ans retrouvé malgré moi ces derniers temps. Tout allait bien, respiration-digestion-miction, c'en était presque insupportable, mon fils faiblissait petit à petit et moi je me portais parfaitement bien, des troubles du sommeil tout de même, persistants mais pas alarmants. À surveiller, me dit Palabaud, à suivre. J'avais perdu deux kilos depuis la précédente visite, mais les muscles gagnés dans les biceps et le dos grâce à la maçonnerie trompaient le médecin qui me trouva solide. Solide je l'étais encore, avec tout ce que j'allais devoir porter. On me faisait croire que j'étais solide parce que ça arrangeait tout le monde, mais moi je savais bien où j'en étais. Je suis ressorti de chez Palabaud et j'ai préféré les escaliers à l'ascenseur, j'avais besoin de me jeter dans le vide par petites touches, une marche après l'autre. Descendre à mon rythme, sans penser, sans rien formuler, juste laisser mon corps tomber, glisser à la verticale, mon corps d'un mètre quatre-vingts encore bon pour un tour.

Finalement, était-ce plus mal si je retournais travailler ? J'ai pensé qu'on allait rencontrer une assistante sociale, comme me l'avait suggéré Palabaud, qu'elle nous trouverait quelqu'un pour s'occuper de Mehdi, une personne épatante, un double de Vera, quelqu'un qui mettrait un peu de vie dans la maison. Je me suis même demandé pourquoi on n'y avait pas pensé avant. Nous avons passé en revue toutes les possibilités avec ma femme, dame bénévole, fille au pair, infirmière stagiaire. Il y avait bien, avec tous les gens qui n'ont pas de travail, quelqu'un qui accepterait de prendre soin d'un garçon de douze ans, malade mais pas désagréable, fragile mais attachant. Il fallait renoncer aux gardes-malades professionnels parce que nous n'avions pas les moyens. Nous avons reçu l'assistante sociale une fin d'après-midi, fringante jeune fille tout juste en poste, qui, avant de s'installer avec nous au salon, a jeté sur les lieux des regards insistants que je ne sus pas interpréter. Elle dit aussi combien il lui avait été difficile de trouver le lotissement et comment elle avait tourné avec sa voiture sans que personne puisse la renseigner, ce qui expliquait son retard. Elle enchaîna sur les avantages du GPS qui ne serait pas du luxe dans sa profession. Elle répondit à son téléphone portable sans prendre le soin de s'isoler et précisa qu'elle était *chez des gens* et qu'il fallait la rappeler. Puis elle finit par s'asseoir, du bout d'une fesse seulement, sur le fauteuil que nous lui présentions, sans sortir aucun carnet pour prendre des notes. Ce fut ma femme qui exposa le problème, et la clarté avec laquelle elle décrivit ce qui ressemblait à notre vie me stupéfia et me glaça. Je n'aurais jamais osé résumer la situation en aussi peu de mots et avec une telle lucidité. Avec une telle distance et une telle froideur aussi, si bien qu'on aurait pu imaginer qu'elle parlait d'une autre famille, d'un cas lointain, un objet d'études pour sociologues. C'était peut-être ce que nous étions devenus sans en avoir conscience, un cas isolé parmi d'autres, avec multiples solutions à trouver, un genre de casse-tête. L'assistante sociale, qui s'appelait Élodie (elle s'était présentée par son prénom), écouta, pencha la tête en laissant ses yeux divaguer à l'arrière-plan, je le voyais bien, fixant un point dans le mur sans papier peint, fit un mouvement de la mâchoire qui pouvait laisser croire à la présence d'un chewing-gum, puis se laissa aller à mâcher franchement. Ma femme parlait encore quand elle demanda si la maladie de Mehdi était, comment dire, enfin si Mehdi risquait de. Elle reprit, au beau milieu de notre silence, et précisa que cette donnée était importante pour savoir quel type de personne elle pourrait nous envoyer, si toutefois elle parvenait à mettre au point une convention. Bref, ma femme se leva pour aller chercher à boire – Élodie voulait bien un jus de fruit et moi j'aurais pas craché sur une bière –, revint les bras chargés en poussant la porte du pied, ce qui la propulsa violemment contre le mur (je n'avais pas encore fixé les cale-porte) et mit une drôle d'ambiance dans la pièce. Heureusement, ma femme sut détendre l'atmosphère en s'excusant et en riant un peu, mais je sentis Élodie se crisper, comme si elle était en train de déceler dans notre famille quelques agissements suspects. Je voulus enchaîner pour que refluent ses doutes et qu'elle voie à quel point nous étions des gens bien, je fis alors des phrases habilement construites, que j'énonçais sur un ton posé. Je me disais qu'il fallait rester calme, oui parfaitement serein, pour compenser la violence de la porte jetée contre le mur, dont le verre heureusement ne s'était pas brisé, et je souriais aussi pour que l'air soit plus léger, pour que ma femme, assise en face de moi, ait le temps de se ressaisir, mais il me semblait qu'au lieu de laisser redescendre la tension, ma femme s'impatientait. J'ai continué de parler, de mon travail, du plaisir que j'avais eu à m'occuper de Mehdi et bien sûr je me suis montré exemplaire, ça me faisait du bien de parler de moi ainsi, je voulais lui dire qu'on n'était pas des sauvages, qu'on comptait sur elle pour nous sortir de là. En lui parlant et en buvant ma bière, j'ai pensé que c'était un bon argument, souligner à quel point son rôle était essentiel, insister sur le fait qu'elle était notre seul soutien, notre unique salut, et j'ai un peu chargé la barque, j'ai flatté sa jeunesse et sa probable pugnacité, si j'avais osé et si ma femme n'avait pas été là j'aurais été capable je crois de faire allusion à son charme. Je ne sais pourquoi mais je sentais monter en moi un sentiment malhonnête, j'étais tellement sûr qu'Élodie – vingt-cinq ans et pas de carnet pour noter – n'allait pas faire de miracles qu'au lieu de l'amadouer davantage, au lieu de continuer à la caresser dans le bon sens, inexplicablement, j'ai poursuivi sur un autre registre, j'ai soudain bombardé de questions la pauvre débutante, si bien qu'elle a fini par se sentir totalement dépassée. Elle répétait mécaniquement : Je dois étudier la faisabilité de la convention, et afin d'échapper à mon acharnement, elle s'est levée et s'est rapprochée de la porte. Pour terminer de la mettre mal à l'aise, je lui ai fait remarquer que Mehdi aurait été content de la rencontrer mais que je comprenais qu'elle n'en voie pas l'utilité. Là j'ai été rude parce que j'imagine qu'elle aurait voulu dire un mot à Mehdi, et du coup, comme je lui coupais perversement l'herbe sous le pied, je n'ai pas su si elle l'avait envisagé. C'est ma femme qui a raccompagné Élodie jusqu'à sa voiture, pendant ce temps je jurais seul dans la cuisine. Je m'en voulais de n'avoir pas su me contrôler, je ne savais quelle mouche m'avait piqué. Quand ma femme est rentrée, elle était raide et muette. Elle a débarrassé la table basse du salon sans me jeter un regard et a rejoint Mehdi dans la chambre de Lisa. Elle est restée longtemps avec les enfants, je les entendais derrière la cloison, et moi je n'osais pas entrer, pas fier. J'ai voulu râper des carottes, servir à quelque chose en attendant le repas, alors je me suis enfermé dans la cuisine, j'ai bu une autre bière et j'ai commencé à chercher l'épluche-légumes.

Le premier jour à l'imprimerie m'a beaucoup coûté. J'avais perdu l'habitude de me lever tôt et je n'étais pas sûr d'avoir envie de rencontrer l'intérimaire qui avait pris mon poste pendant plusieurs mois. Et puis les questions des copains, j'espérais qu'il n'y en aurait pas. Mon retour n'était pas un vrai retour, c'était juste ce que la Sécurité sociale m'imposait, le temps de trouver une solution. C'était un peu une défaite, rappelé à l'ordre par l'administration, je me sentais comme un malfaiteur pris la main dans le sac. J'avais expliqué le topo à José qui n'avait su que penser, choqué quand même, mais il n'avait rien à penser, simplement à organiser le travail pour ma reprise, c'était la loi, un arrêt maladie qui prenait fin. Le premier jour m'a beaucoup coûté parce que j'avais eu du mal à quitter la maison endormie et à laisser Mehdi. J'avais poussé la porte de sa chambre avant de prendre mon café, je m'étais approché et j'avais écouté sa respiration pour me rassurer et le chat s'était mis à miauler si fort que j'avais fini par lui mettre un coup de pied. Je ne sais ce qui lui avait pris, comme s'il avait senti que j'allais les laisser. J'avais fait taire le chat en lui donnant à manger dans la cuisine et j'étais revenu pour caresser le front de Mehdi, voir si la fièvre, qui avait refait son apparition la semaine précédente, n'était pas trop élevée. Mehdi avait bougé et j'étais allé prendre ma douche avec un mauvais sentiment. Ma femme avait pu poser deux semaines de congés, c'était elle qui veillerait sur Mehdi. J'avais peur qu'elle ne s'occupe pas de lui comme je l'aurais fait, qu'elle n'interprète pas toutes les manifestations que son corps émettrait, qu'elle perde patience. J'étais devenu, pendant tout ce temps, un père exclusif et je luttais contre cette tendance imbécile qui exaspérait ma femme. Les jours précédant ma reprise, je l'avais assommée de recommandations et elle avait fini par ne plus m'écouter. Et ce jour-là à l'imprimerie, je ne parvenais pas à me détacher de ce qui devait se passer à la maison, le lever de Mehdi, le yaourt qu'il mangerait ou ne mangerait pas, les efforts qu'il ferait pour s'habiller, sa petite voix pour raconter

Robinson apprenant l'existence de Benamuckée, je ne parvenais pas à me concentrer sur mon travail, d'autant que je n'avais rien d'important à accomplir, j'étais à l'expédition en attendant qu'on me rende ma rotative, avec Pierre et Léon, qui auraient très bien pu se passer de moi. Et puis il fallait que j'attende la fin de la brigade pour croiser Manu. Je suis sorti sur le parking pendant la pause, afin de téléphoner à la maison. Ma femme venait de me laisser un message, elle partait à l'hôpital en ambulance, Mehdi avait eu un malaise, ça devait finir par arriver. J'ai tiré les trois heures qui restaient en tournant comme un lion en cage, pour le premier jour je n'ai pas osé partir avant l'heure. Pierre et Léon ont vu mon regard s'assombrir et mes mains trembler. Ils ont compris sans que je donne de détails. Ils ont dit qu'ils feraient le boulot, mais non au contraire j'ai attrapé les liasses de journaux et les ai jetées à l'arrière du camion avec des forces décuplées. J'ai enfilé les gants et me suis abruti de travail, en silence, avec rage, j'ai fait voler les paquets de cinquante sans sentir ma douleur, je me baissais, je pivotais, j'expédiais, j'inspirais puis soufflais, j'essuyais parfois la sueur qui venait à mon front, et je pensais au front de Mehdi couvert des mêmes perles d'eau. Pierre et Léon accéléraient le rythme aussi, sans oser parler ni plaisanter, ils manipulaient les palettes, et notre petite équipe était plus efficace qu'une machine, plus robuste et entêtée. Quand l'heure est arrivée, je suis monté dans la voiture de Léon qui m'a déposé au centre-ville, puis j'ai marché sur les trottoirs pleins de monde pour rejoindre l'hôpital. Les gens arrivaient en sens inverse, nonchalants et inconscients. J'ai détesté les gens ce jour-là, je leur en ai voulu d'être à ce point insouciants, j'avançais en les bousculant, sans ménager aucune silhouette, j'accélérais le pas, je fonçais vers l'hôpital où Mehdi respirait peut-être sous un masque, je ne voyais personne et pourtant c'était comme si je photographiais les visages que je croisais, me fixant sur quelques gros plans sidérants. Je détestais le bonheur des autres. Je me demandais ce que vivaient ces gens, détachés en apparence, dont l'expression ne disait rien de ce qui les occupait, je ne sentais que le nombre, la masse qui arrivait face à moi, molle et dégoûtante, ondulant dans la douceur du printemps. J'avais encore une centaine de mètres à parcourir sur le trottoir bondé, et mon mépris pour les autres me fit mal, je pensais être le seul dans la foule à vivre des heures aussi difficiles, je me sentais habité par une mission spéciale, un objectif supérieur et redoutable.

Mehdi est resté en observation pendant plusieurs jours, il n'allait ni mieux ni moins bien, Clavel, pour la première fois, s'était montré évasif. Je l'avais senti fatigué, comme s'il en avait assez de soigner des enfants malades, c'est l'impression que j'avais eue. Et je ne supportais pas que Clavel ait un coup de pompe, je n'arrivais pas à admettre que la personne qui nous portait, le pilier de notre existence se défile soudain, rechigne à nous soutenir plus ouvertement. Ma femme lui trouvait toutes sortes d'excuses et je savais qu'elle avait raison, mais, parmi ces excuses, la cause essentielle était sans doute que la maladie commençait à le dépasser. C'est ce que je comprenais et je ne tolérais pas que la maladie domine le médecin, cette idée me rendait fou. L'idée que Clavel ait pu perdre la maîtrise était une violence trop grande, même si Clavel jamais ne nous fit comprendre cela. Je mesurais à quel point nous étions vulnérables, comme des apprentis qu'il fallait rassurer et encourager régulièrement. Un seul manquement de sa part et nous étions perdus, un tout petit fléchissement et nous étions anéantis. Ma femme continuait de ne pas vouloir se rendre à l'évidence, nous n'interprétions pas les silences de Clavel de la même façon, et le soir, en rentrant chez nous, laissant Mehdi une nouvelle fois entre les mains d'une infirmière qui n'était pas Vera, après avoir constaté que le réfrigérateur était vide et que nous n'avions pas même songé à faire quelques courses, nous nous sommes disputés violemment, peut-être plus pour libérer l'angoisse que nous contenions depuis si longtemps que pour nous livrer à un quelconque règlement de comptes. Nous avons prononcé des phrases que nous aurions dû savoir retenir, nous avons laissé monter le ton tout en sachant que Lisa était dans la pièce d'à côté, mais même cette précaution, qu'aurait dû nous dicter une pudeur élémentaire, nous n'avons pas été capables de la prendre, nous adonnant au contraire à un déferlement de paroles assenées avec mauvaise foi, mettant en scène notre douleur aussi bien que le sentiment d'injustice qui depuis longtemps nous étreignait, ouvrant pour la première fois les vannes du chagrin qui nous tenait à sa merci, chagrin non pas devant la mort de Mehdi qui n'était nullement annoncée, mais face à la vie qui était la nôtre, sans satisfaction et sans projet, réduite à de toutes petites choses et tellement étriquée. Notre dispute ce soir-là avait un fond mesquin et désespéré, et les reproches que nous avions la malhonnêteté de faire à l'autre n'auraient dû être que des reproches adressés au destin, ce truc odieux qui balançait ses flèches ici ou là, sans discernement ni morale. Nous n'étions pas loin de nous battre, alors que, pour la première fois depuis longtemps, nous sentions que les jours étaient nettement plus longs et que la belle saison était pour bientôt, nous nous déchirions dans notre chambre pendant que filtrait par la fenêtre, au travers des volets à moitié fermés, une lueur encore vivace, nous nous tenions les poignets, peut-être avions-nous besoin de nous faire mal, d'avoir mal, de nous punir, nous refusions tout compromis, tout ce qui aurait évité l'escalade, prêts à nous sacrifier pour que s'ancre en nous la sensation de gâchis qui nous obsédait. Après, nous avons remis de l'ordre dans la chambre et redressé la lampe de chevet tombée par terre, nous avons hésité à ouvrir la porte, ma femme a tenté une sortie dans le couloir et s'est enfermée dans la salle de bains, moi je suis resté allongé sur le lit, fixant un point au plafond, incapable de me mouvoir, j'attendais que quelqu'un décide pour moi, j'aurais voulu que quelqu'un me prenne en charge désormais, me dicte chaque geste, me commande en toutes choses, je voulais juste répondre aux désirs des autres, exécuter des ordres, n'importe quoi.

On aurait pu croire ici que c'était le début de la fin, mais non, ce n'était le début de rien, juste une transition, une étape nouvelle dans le parcours qui était le nôtre. Ma femme et moi nous étions effondrés malgré nous et l'on sait bien comme on est capable de ressusciter. J'étais retourné travailler le lendemain, épuisé le matin mais déjà je sentais que la vie revenait et que la présence des autres me reconstituait. J'avais payé des cafés aux gars pendant la pause, et j'avais accepté de donner des nouvelles de Mehdi, sans dramatiser, j'avais besoin d'en parler, de remâcher les événements, c'était comme une répétition générale pour moi, une façon d'évaluer la distance parcourue. José m'avait surpris une nouvelle fois, il comprenait sans que j'aie besoin d'expliquer, c'était comme s'il avait vécu ce que je racontais, il avait fini par parler de sa mère, il avait dit devant les autres qu'elle souffrait d'Alzheimer et que, depuis peu, elle ne le reconnaissait plus. Il avait lâché ça comme ça, debout au bar de la cantine, et on était un peu gênés, surpris que le chef demande un second café et prolonge avec nous. On avait repris nos postes, et la matinée avait changé d'aspect, l'énergie était revenue, j'avais travaillé sans que mes membres me pèsent et j'avais cessé d'être muet. Je me souviens très bien des jours suivants, ma femme, toujours en congé, passait me chercher à la fin de la brigade et nous retrouvions Mehdi à l'hôpital. C'était elle qui conduisait et quelque chose en nous s'était calmé, je posais même une main sur sa cuisse et elle permettait ce geste, je crois pouvoir dire qu'elle l'encourageait. Elle avait mis sa main sur ma main. Nous arrivions ensemble à l'hôpital, ce qui était nouveau, nous montions ensemble les escaliers, nous avions la même appréhension quand nous frappions à la porte de la chambre avant d'entrer, nous nous regardions parfois au moment de tourner la poignée, nous arrivions ensemble au chevet de Mehdi, les bras chargés d'objets le plus souvent inutiles, nous nous disposions de part et d'autre du lit, nous échangions de temps à autre des regards, nous étions les deux parents de Mehdi, égaux et ridicules, revendiquant chacun sa place, incapable de ne pas être là. Être près de Mehdi était devenu un genre de compétition, et ma femme, privée de son fils plus longtemps que moi, ne cédait aucun terrain. Et nous restions à l'hôpital bien trop longtemps, je sentais comme Mehdi finissait par se lasser de notre présence, tombant le plus souvent dans le sommeil, nous laissant l'un et l'autre un peu désemparés mais tout de même complices, nous mettant à nouveau dans un face-à-face bienfaisant. Nous nous retirions alors, après avoir parlé à Vera, ou à une inconnue qui faisait de son mieux pour nous épauler, nous marchions côte à côte dans le couloir, nous éloignant à regret et dans un déchirement chaque jour recommencé. Nous retrouvions la voiture et c'est moi qui conduisais au retour. Nous ne parlions pas, chacun absorbé par ses pensées et j'imagine que nos pensées étaient similaires, vaines et contradictoires.

Élodie a téléphoné moins de quinze jours après sa venue. Elle n'avait pas de solution mais nous tenait au courant de la *faisabilité de la convention* qui nous occupait. Dans la convention, elle englobait aussi l'établissement scolaire de Mehdi, qui devrait être représenté par son directeur et par le médecin scolaire, puisqu'elle avait cru comprendre que nous nous plaignions du fait que Mehdi ne suive plus de cours. Tout se mélangeait dans la bouche d'Élodie, l'école, la maladie, l'Éducation nationale, l'académie, l'hôpital, à moins que ce fût moi qui ne comprenais plus rien, qui étais dépourvu de toute logique. L'assurance scolaire, nous informait-elle, pouvait prendre en charge la présence d'une personne à la maison pour veiller sur Mehdi, si toutefois nous avions choisi l'option maximale. Élodie me suggérait de relire le contrat et de la tenir au courant. Si nous n'avions pas souscrit cette option, elle pourrait nous mettre en contact avec une association qui proposait des bénévoles pour garder des malades. J'ai raccroché sans maudire Élodie, j'ai même été touché par sa bonne volonté. Je ne l'ai pas enviée de paraître à ce point éloignée de la folie qui nous étouffait. Je n'avais pas envie de prendre sa place, je crois que je n'avais plus la force de comprendre les personnes qui étaient dans une vie *normale*, c'est-à-dire de l'autre côté. Je ne savais plus ce qu'était l'autre côté, les problèmes d'assurance et de GPS, les programmes scolaires et les destinations de vacances. J'ai ouvert plusieurs des portes du grand placard du salon avant de trouver le classeur qui contenait les contrats d'assurances, celui de la voiture, celui de la maison, celui des enfants. Je passais tous les papiers en revue, une fois, deux fois, mais je ne trouvais pas d'assurance scolaire, j'ouvrais au hasard d'autres classeurs rangés par ma femme, celui des déclarations d'impôt, celui de la mutuelle, le classeur des relevés bancaires et des échéances de prêt, pour voir si l'attestation n'était pas mal classée, mais non je ne trouvais rien, et tant que je ne trouvais pas je demeurais obsédé par ce papier, je fouillais aussi les tiroirs, et les tables de nuit de notre chambre, dans lesquelles ma femme archivait des documents plus anciens, et pour la première fois je prenais la mesure de la quantité de papiers qui attestaient de notre vie, les anciennes quittances de loyer dont nous aurions peut-être pu nous défaire, les factures d'eau et d'électricité, les fiches de paie, les factures de cantine et celles du garagiste, les remboursements de Sécurité sociale, les échographies des enfants quand ils étaient dans le ventre de leur mère, toutes ces traces que nous imprimons d'un bout à l'autre de notre existence, toutes ces preuves accumulées de notre bonne insertion sociale, notre implication profonde et consentante. Tous les papiers sauf un, sauf celui qui aurait pu nous sauver, celui qui aurait permis que nous dormions un peu moins mal. Quand ma femme est rentrée du supermarché, je l'ai questionnée. L'attestation était dans l'ordinateur, il suffisait de l'imprimer. Impossible pour autant de trouver le détail des garanties. Il avait donc fallu téléphoner, et c'est au téléphone qu'une voix nous annonça que nous n'avions pas souscrit l'option adéquate.

Élodie avait fini par plaider notre cause auprès d'une association qui avait envoyé une bénévole, et je regrettais d'avoir pensé du mal d'Élodie, de l'avoir aussi vite cataloguée au registre des jeunes filles charmantes mais sans cerveau. J'étais vexé d'avoir mal jugé, j'étais pourtant sûr que les Élodie, Vanessa, Cindy n'avaient pas de réelles convictions quand bien même elles choisissaient d'être assistantes sociales. J'avais une dent contre les jeunes filles qui montrent leur nombril et ont une démarche ridicule sur leurs talons hauts. Surtout quand elles ne prennent pas la peine de noter ce que je leur raconte sur un carnet. Bref, nous étions un jour allés attendre une dame à l'arrêt d'autobus, parce qu'elle n'avait pas de voiture, et cette dame sans âge proposait de s'occuper de Mehdi. Je dis sans âge parce que nous n'étions pas d'accord, ma femme et moi, disons que cette personne avait quelque chose de tellement neutre dans l'apparence que nous n'aurions pu la définir. Elle n'avait pas de rides mais avait l'air vieille, pas de maquillage ni de couleur, elle portait des vêtements beiges et ternes, une jupe trop longue, une alliance et un foulard avec des têtes de chevaux. Elle avait des sourcils pas épilés, et une veine bien dessinée sur la tempe. Elle s'est assise dans le fauteuil où Élodie avait pris place quelques semaines plus tôt, a croisé les jambes et nous a fixés en souriant, apparemment convaincue de sa bonté. Il y avait aussi de la gravité dans son regard, ou plutôt l'empreinte d'une joie contrariée. Elle avait agrippé ses mains à ses genoux et nous parlait sur un ton d'une extrême patience, comme si elle s'adressait à des simples d'esprit. Je n'ai pas aimé sa façon de paraître supérieure, ou plutôt la prétendue sagesse dont elle nous abreuvait. Nous ne savions qui devait apporter des renseignements à l'autre, était-ce elle que nous devions adopter, ou au contraire allait-elle décider si notre cas l'intéressait ? Nous ne parvenions pas à imprimer un rythme à la conversation, nous n'osions, ma femme et moi, poser les questions qui nous brûlaient les lèvres, nous nous sentions manipulés par le savoir-faire de cette dame qui semblait une habituée des familles *dans la douleur* comme elle dit à plusieurs reprises, expression déplacée qui me fit me lever de mon siège et me retirer quelques instants dans la cuisine, le temps d'avaler ce que je venais d'entendre. Mais nous n'avions pas le choix, nous nous devions de tenter l'expérience, cette dame pourrait garder Mehdi quelques heures par jour pour commencer, nous n'étions pas obligés de lui laisser trop de pouvoir. Je suis allé chercher Mehdi et lui ai présenté la dame qui s'occuperait sans doute bientôt de lui. Il lui a dit bonjour de loin tout en se collant à moi. La dame a déclaré en souriant toujours qu'elle était sûre qu'ils s'entendraient bien, avant même que nous ayons donné notre accord. Elle a demandé ensuite à Mehdi comment il allait, ce à quoi il a répondu qu'il ne savait pas. Ensuite, la dame a poursuivi la conversation, s'est gentiment étonnée que nous n'ayons *que* deux enfants, puis a discrètement observé les objets qui traînaient dans la pièce. Elle a voulu savoir si Mehdi avait sa propre chambre et s'est enquise de son régime alimentaire. Je n'ai pas voulu que nous répondions à toutes les questions la première fois et j'esquivais souvent, ce qui ne gênait pas la dame. Elle prenait alors un air entendu, qui voulait dire je sais, j'en ai vu d'autres. Je m'étais tu depuis un moment mais je devinais que ma femme n'avait pas mes réserves et qu'elle apportait des réponses là où je restais flou. Je la sentais presque soulagée. Nous n'étions pas d'accord le soir quand nous en avions reparlé, j'avais flairé quelque chose que ma femme n'avait pas vu mais que je ne savais pas définir. Elle me trouvait trop difficile, incroyablement méfiant. Elle me reprochait de ne pas aimer les gens, me confiait comme elle trouvait cette dame généreuse. Moi la générosité je m'en méfiais, instinctivement ça m'effrayait.

Ma femme avait enfin obtenu son CDI et, le jour où elle fut convoquée pour signer dans le bureau du DRH, elle était à la fois excitée et soucieuse. Depuis que son patron lui avait dit qu'elle pouvait compter sur lui, elle ne lui avait parlé qu'une fois en bas des escaliers. Il avait été à nouveau fort aimable, tout à fait à l'écoute, mais à l'écoute pendant deux minutes seulement, au cours desquelles ma femme n'avait pas osé dire le mal que nous avions à accompagner Mehdi dans son repos forcé, déclarant au contraire que son père, c'est-à-dire moi, s'en occupait, ce à quoi le patron avait répondu que c'était une bonne chose pour les garçons, qu'ils avaient besoin de leur père à cet âge, que c'était bien pour elle aussi de s'émanciper en menant sa vie professionnelle. Elle avait alors regardé le patron qui commençait à monter les marches, tenant son imperméable sur son bras droit et une mallette dans la main opposée, sans répondre autre chose qu'un sourire interrogateur, ne sachant sur le vif si les paroles qu'elle venait d'entendre la rassérénaient ou la décevaient, ne pouvant dire si le patron savait de quoi il parlait ou s'il avait répondu par un automatisme dont il avait le secret. Toujours est-il qu'après cet épisode elle s'était avouée que, malgré ses belles déclarations, son patron ne lui avait été d'aucun secours puisqu'elle n'avait pas eu recours à sa bienveillance, jamais elle ne l'avait sollicité, et du coup elle avait manqué l'occasion de savoir si c'était un homme de parole ou simplement un homme qui soigne son image d'humaniste. Elle l'avait approché une autre fois au sortir d'une réunion particulièrement tendue, l'heure n'était pas aux considérations personnelles, la pression était à son comble, et elle avait compris que cet homme occupé ne pouvait avoir en tête les états d'âme de chacun de ses *collaborateurs*, comme il disait. Elle lui trouvait toutes sortes de circonstances atténuantes tant elle avait été flattée qu'il la reçoive un jour, mais jamais elle n'avait accepté de le reconnaître. Elle avait cette tendance, qui m'agaçait, de toujours le défendre et de le porter très haut et son indulgence frisait la bêtise. Et pourtant ma femme n'était pas bête, ce n'est pas ce que je veux dire, mais elle se laissait facilement impressionner, d'autant que son patron était bel homme, bien mis et éduqué, et contre ça on ne peut pas lutter. Elle était donc attendue dans le bureau du DRH un jeudi à quatorze heures, et cette journée s'annonçait comme l'aboutissement d'un parcours durant lequel elle avait enchaîné deux contrats à durée déterminée, conformément à ce qui lui avait été annoncé. Rien d'abusif ni d'original, elle s'était tout de même apprêtée à signer avec une certaine émotion, comme si le document qu'on lui soumettait engageait sa vie entière et attestait de l'exceptionnelle confiance que l'entreprise lui témoignait. La veille au soir, ma femme ne parvenait pas à masquer son agitation, je sentais même qu'elle éprouvait une appréhension, comme s'il lui fallait encore passer une dernière épreuve avant d'être définitivement intronisée salariée. Pour détendre l'atmosphère, je lui avais suggéré d'ouvrir une bouteille de champagne et d'inviter les Orsini. Mais elle avait répondu que boire le champagne serait malvenu, la période, m'avait-elle rappelé, n'était pas aux réjouissances. J'avais rétorqué une parole déplacée, parce que j'en avais assez qu'on s'interdise toute manifestation de joie, j'en avais assez qu'on prenne des mines de circonstance, j'avais dit que boire du champagne n'allait pas faire mourir Mehdi, j'avais un peu abusé, mais déraper était parfois la seule issue qui me restait pour résister malgré tout et supporter. Ma femme m'en avait voulu. Longtemps après, elle me reprochait cette repartie malheureuse, qui traînait entre nous comme un nuage toxique. La pauvre vivait sous contrôle et ne s'autorisait aucune déviance, aucune subversion, alors que j'assenais parfois des réflexions à l'ironie discutable, à l'humour douteux, mais si on ne pouvait pas rire du fait qu'on était mal barrés, que nous restait-il ? Elle avait pris très au sérieux la signature de son contrat comme elle prenait au pied de la lettre les recommandations de Clavel ou les considérations de son patron. Il lui manquait l'imagination nécessaire pour s'affranchir du regard des autres, pour voir le monde selon sa propre logique. Je l'avais toujours connue ainsi, fiable et pleine de principes, et ce que j'aimais c'était percuter les bases qui la fondaient, le plus souvent sans m'en rendre compte, et quand, malgré elle, elle finissait par sortir de son rôle, j'éprouvais un plaisir vif, mais j'avais toujours peur qu'elle se ressaisisse brusquement et me désigne tel l'odieux responsable, comme cette fois où j'avais obtenu qu'elle reste au lit avec moi un matin où elle devait se rendre à l'usine, c'était avant la naissance des enfants, nous n'avions aucune raison de nous lever et toutes les raisons de faire l'amour jusqu'à midi dans notre petite chambre, cette fois où nous avions été si violemment heureux que j'y repense presque avec effroi, mais où, après l'intensité du plaisir partagé, elle s'était sentie si coupable qu'elle m'avait accusé de la manipuler et qu'elle avait fini, sous le coup d'une colère imprévisible, par me traiter de pervers. C'est pourquoi je n'avais pas insisté pour boire le champagne la semaine où elle avait signé son contrat, même si j'avais eu très envie de rameuter Manu et les Orsini, je m'étais retenu de trop célébrer l'affaire, de peur qu'elle interprète la chose comme une provocation. Ces derniers temps, je ne savais plus comment la prendre, comment lui parler, le moindre faux pas déclenchait des malentendus et parfois même des fureurs passagères. J'avais perdu toute spontanéité alors que nous avions tant besoin de nous rendre la vie plus légère. Mais cela ne m'avait pas empêché de payer un coup à boire à Manu pendant la pause de seize heures, le lendemain à l'imprimerie. Et c'est là que Manu m'avait proposé de prendre Mehdi un samedi après-midi, pour que ma femme et moi puissions aller au cinéma.

Aller au cinéma n'était plus dans nos cordes, c'est à peine si nous savions ce qui passait sur les écrans et quels étaient les acteurs dont on parlait. Depuis bientôt deux ans, nous avions cessé de nous préoccuper du monde, nous repliant sur notre univers, qui, à force de rétrécir, finissait de nous empêcher de penser. J'avais par moments l'impression que nous devenions des bêtes, protégeant notre pré carré comme si nous étions traqués, ne répondant plus qu'à des instincts immédiats de survie, mettant de côté tout ce qui ne concernait pas Mehdi. Le cinéma était comme le champagne, une denrée fantaisiste et interdite. Seule Lisa, qui réagissait avec le désir de liberté propre à son âge et ne portait pas le poids d'être parent, n'avait cessé ni de sortir, ni de rire, ni d'utiliser un langage parfois choquant, d'autant plus qu'en forçant le trait comme elle le faisait souvent, elle savait qu'elle contrebalançait la façon insupportablement sérieuse dont nous nous comportions. Elle endossait peut-être aussi secrètement l'adolescence dont son frère semblait privé tant il était muselé par d'autres préoccupations, et, comme si elle était mandatée par Mehdi pour vivre pour deux, elle succombait à un état d'exaltation presque critique pour ses seize ans. La suivre était la plus épuisante des choses, elle était en haut de la vague un jour, parlant d'une voix hystérique dans son téléphone portable, informant chacun de ses états d'âme les plus fébriles, puis au fond du trou le lendemain, interdisant l'accès de sa chambre à quiconque voulait la réconforter et tenter de la comprendre.

J'ai insisté auprès de ma femme pour qu'elle accepte la proposition de Manu, j'ai un peu menti en ajoutant que j'avais envie de partager un après-midi avec elle seule, je n'ai pas osé lui dire aussi directement, j'ai fait un geste de la main qui passait dans sa nuque et soulevait ses cheveux. Je ne savais pas si cette perspective me faisait plaisir, je crois que je n'en étais plus là, je n'avais plus ce désir, me retrouver en tête à tête avec ma femme, l'un assis près de l'autre dans une salle de cinéma. J'y voyais quelque chose de factice, une posture sophistiquée qui ne me concernait pas, et je pense qu'elle ressentait la même chose si j'en jugeais par son manque d'élan au moment de se préparer. Il fallait avant tout que nous parvenions à faire bouger Mehdi, qui semblait assez calme ce jour-là et peu enclin à sortir. Si nous avions eu le choix, nous aurions refusé la proposition de Manu tant nous avions peur de bousculer le rythme de Mehdi. Mais Manu était tellement heureux de nous rendre service, tellement plein du bonheur qu'il pensait nous procurer que nous ne pouvions refuser son assistance. Il avait pensé à notre place et c'était inespéré que certains de nos amis imaginent alléger notre sort, mais au lieu de nous soulager, il nous compliquait l'existence. Manu ne savait pas comme c'était difficile ces jours-là d'obtenir que Mehdi s'habille, se lave, respire une fois debout, tenté de s'appuyer contre les murs tant ses articulations lui faisaient mal. Manu ne pouvait pas se douter, nous-mêmes ne pouvions jamais anticiper. Il allait bien parfois et voulait mettre le nez dehors même si déplacer son corps presque friable lui prenait toute son énergie. Nous étions tous tendus vers l'événement du jour, accompagner Mehdi chez Manu pour qu'il joue avec ses enfants et nous adonner pendant ce temps, ma femme et moi, à une tranche de liberté inespérée, que nous étions censés transformer en séance de cinéma. Peut-être n'était-ce qu'une formule, quand Manu m'en avait fait la proposition, mais comme il avait évoqué le cinéma, je n'avais pas osé moduler son souhait pour ne pas le décevoir. D'ailleurs qu'aurions-nous pu faire de deux ou trois heures un samedi après-midi ? Déambuler sans but dans le centre-ville ne nous disait rien, nous n'aurions su où diriger nos pas, nous étions incapables d'entrer dans une boutique, d'essayer des chaussures ou des lunettes de soleil, et nous n'aurions pu nous promener dans des jardins ou le long des quais, ni même prendre un café en terrasse, il nous aurait semblé incongru de gaspiller ainsi notre temps, conscients que nous avions besoin de nous détendre, comme nous l'avait recommandé Clavel, conscients mais peu disposés à nous accorder la moindre parenthèse, le plus petit répit. Nous avons garé la voiture sur le parking devant chez Manu, avons pris l'ascenseur et nous sommes présentés devant la porte, tous trois figés dans une attitude qui se voulait enthousiaste et détendue. Nous nous attendions à ce que les enfants de Manu accueillent Mehdi avec entrain et avons été surpris d'apprendre que son fils venait de partir pour son entraînement de hand-ball. Restait sa fille, qui nous salua brièvement et retourna devant son ordinateur tout en proposant à Mehdi de s'installer avec elle dans la chambre. Tout le monde souriait beaucoup quand nous avons bu le café et j'ai mesuré combien Manu était différent en présence de sa femme, c'est ce que je me disais chaque fois, jusqu'aux intonations de sa voix qui n'étaient plus tout à fait les mêmes. Nous avons parlé de la chance que nous avions de pouvoir enfin aller au cinéma et la femme de Manu nous a conseillé deux films, qu'elle n'avait pas vus mais dont, prétendait-elle, on disait le plus grand bien. Elle imaginait que nous avions plutôt envie de quelque chose de drôle pour nous changer les idées, et au registre des comédies elle semblait en connaître un rayon. Elle prenait les choses à la légère, ce qui n'était pas pour me déplaire. Nous avons donné quelques recommandations pour Mehdi, sans trop insister pour ne pas les refroidir, j'ai rappelé mon numéro de téléphone portable au cas où, nous avons vérifié si Mehdi se sentait bien avec Sandra, s'il n'avait besoin de rien, j'ai plaisanté un peu avec les adolescents puis nous avons franchi la porte et nous nous sommes engouffrés dans l'ascenseur, assez peu fiers de ce que nous ressentions, incapables de la moindre légèreté. Et, quand j'ai vu notre tête dans le miroir, je me suis dit qu'il fallait réagir vite fait.

Nous avons repris la voiture et nous sommes dirigés vers le complexe de loisirs, où plusieurs salles de cinéma jouxtaient un bowling. Nous nous sommes approchés des caisses et nous sommes renseignés sur les séances du jour. Nous étions en avance et sommes retournés attendre dans la voiture, parcourant le programme d'un bout à l'autre. Ma femme a alors entrepris la lecture de tous les résumés de films, méticuleusement, dans l'ordre, et les mots dans sa bouche, bien qu'énoncés sur un ton contrasté, n'avaient aucun sens, elle enchaînait des histoires fictives, nommait des personnages par leurs prénoms, racontait ce qui leur arrivait d'inattendu, de grotesque ou de terrible, elle lisait le dépliant et elle semblait y croire, peut-être cherchait-elle dans l'histoire des autres des scénarios plus ou moins réconfortants, la jeune femme qui rentre au pays après la guerre, le veuf qui, alors qu'il ne croit plus à l'amour, fait une rencontre inespérée, le fils qui sauve l'usine pour venger son père, la bande de copains célibataires en croisière, le pyromane qui revient rôder sur les lieux de l'incendie, le mercenaire et son secret d'enfance, le méchant qui s'avère être bon... Ma femme aurait pu lire sans jamais s'arrêter, parce que les histoires ne s'arrêtent pas, les aventures, les avatars, les métamorphoses, les rebondissements, les bonnes et les mauvaises surprises, tout s'enchaîne en une seule et même voix, qui dit éternellement la même chose, la peur d'être seul et incompris, et plus ma femme lisait, plus les mots emplissaient l'habitacle de la voiture, plus je me demandais ce que nous faisions là, sur le parking du complexe de loisirs, à tenter de nous intéresser à la vie des autres, qui ressemblait si peu à notre vie, et qu'elle soit fictive ou pas n'était pas le problème, il nous fallait simplement retrouver notre capacité à détruire la cloison qui nous tenait si éloignés. Nous nous croyions obligés d'assister à l'une des séances, mais, alors que la queue se formait devant le cinéma, nous sentions nos forces refluer. Puis, de peur de paraître ingrats aux yeux de Manu, nous avons décidé de prendre deux places pour l'histoire des célibataires en croisière. Je me suis endormi au milieu du film et ne sais comment ma femme a traversé cette suite de gags pendant quatre-vingt-dix minutes. Nous sommes ressortis sans faire de commentaire, tout de même un peu désemparés, et nous n'en avons plus jamais parlé.

Nous n'étions pas prêts à ce qu'une personne inconnue s'installe chez nous, nous avions peur d'être observés et jugés, d'autant que Mme Lucien aurait pu être notre mère, et l'on sait comment une mère réagit. Il nous était difficile de laisser un témoin s'immiscer dans chaque recoin de la maison. Depuis le début de la maladie de Mehdi, nous avions délaissé chaque mètre carré, sans y faire jamais un ménage soigné, ni rangé vraiment les placards, ni même lavé les vitres, encore moins aspiré sous les lits, sauf dans la chambre de Mehdi, que nous tenions dans une propreté excessive. Non seulement les papiers peints n'étaient pas encore collés mais il manquait des poignées aux portes, et aucun rideau n'avait été suspendu. C'étaient des tâches que je m'étais promis d'exécuter les mois derniers, puis les semaines dernières, puis les semaines prochaines, et je voyais comme j'avançais de façon chaotique. J'avais posé les plinthes ici et pas encore peint là, j'avais fait des essais de couleur sur le mur du couloir sans que nous finissions jamais par nous décider, ma femme avait repéré des voilages, mais il fallait d'abord que je termine les chambres. Je n'ose même pas dire que nous dormions toujours sans moquette, que notre lit reposait à même la dalle. Seule la chambre de Mehdi était revêtue de lino, qu'il avait choisi bleu électrique, il était prévu que je m'occupe de celle de Lisa bientôt. Mais bientôt ne signifiait plus grand-chose, je n'avais plus la notion des semaines qui s'enchaînaient sans me laisser aucun répit, et je perdais le fil. Pour mener à bien les travaux, il fallait être capable de planifier, d'organiser, de réaliser chaque opération dans le bon ordre, il fallait être capable de vider les pièces et de les remplir à nouveau, d'attendre d'avoir la voiture pour transporter les matériaux, il fallait savoir choisir, prendre les bonnes décisions, par exemple nous nous étions interrogés longuement, ma femme et moi, sur les vertus comparées des différents types de parquet flottant, nous n'étions pas tout à fait d'accord puis, pour finir, au moment où nous allions enfin trancher, la Sécurité sociale me renvoyait travailler. J'oubliais alors ce que je venais d'apprendre sur la pose du parquet, l'agencement des lattes, la technique de coupe et l'usage spécial de la colle, et j'avais l'impression qu'il me faudrait franchir à nouveau toutes les étapes, me faire répéter ce que j'avais réussi à comprendre, revenir au tout début, rien ne se fixait en moi, j'oubliais les conseils que m'avait donnés le vendeur, les astuces des Orsini.

La présence de Mme Lucien ne nous emballait pas mais nous permettait de vivre presque normalement, c'est-à-dire d'aller travailler l'un et l'autre, et de nous rendre disponibles pour faire les trajets jusqu'à l'hôpital quand le moment était venu. Nous ne savions si Mehdi trouvait du plaisir à côtoyer Mme Lucien, mais il ne s'en plaignait pas. Il demeurait évasif, ne faisait que peu de commentaires et la nommait rarement quand il parlait de ses journées. Nous étions loin de l'attachement que notre garçon avait pour Vera et de la douceur des retrouvailles quand ceux-ci s'embrassaient après plusieurs semaines de séparation. Le problème avec Mme Lucien, c'est qu'elle en faisait trop, elle ne savait se contenter de s'occuper de Mehdi, de veiller à ce qu'il se repose, qu'il s'alimente, prenne correctement ses médicaments, non elle ne restait jamais inactive et il n'était pas rare que, pendant les quelques heures passées à la maison, elle ait repassé une pile de linge ou rangé la chambre de Lisa, ce qui ravissait ma femme au début puis finit par la mettre dans tous ses états. Elle avait d'abord accueilli Mme Lucien avec l'enthousiasme que l'on sait et avait, au fil du temps, révisé son jugement, sans savoir vraiment ce qui la dérangeait. J'éprouvais la même sensation bizarre et instinctive qui me disait que quelque chose se cachait derrière la moralité trop éclatante de cette dame. Et pourtant nous n'avions rien, objectivement, à lui reprocher, si ce n'était son excès de zèle. Étendre une lessive n'est pourtant pas une faute, passer le balai non plus, mais nous sentions, dans la façon dont Mme Lucien s'adressait à nous, une volonté de nous assister, d'être notre dévouée pour ne pas dire notre domestique, et sur ce registre nous refusions absolument de nous laisser déposséder, y compris des tâches les plus ingrates. Parce que dans les mots de Mme Lucien nous devinions une pointe de condescendance, elle faisait en sorte de devenir indispensable, elle s'immisçait jour après jour dans notre foyer et sa façon de faire soulignait nos manquements, dénonçait nos approximations, je me demande si nous lui inspirions de la pitié ou si, au contraire, elle n'était pas loin d'éprouver du mépris pour le genre de famille que nous étions malgré nous. Une fois arrivée chez nous, elle ôtait ses chaussures pour enfiler une paire de chaussons qui lui donnaient l'allure d'une bourgeoise déchue et cette femme sans chaussures qui évoluait sans bruit et sans laisser de traces, apparemment effacée et tellement modeste, m'écœurait. Parce que sa soumission affichée n'était qu'une domination déguisée. Je ne supportais pas sa façon d'utiliser l'eau du robinet avec parcimonie, de peler une pomme en sculptant dans la peau une spirale qui s'enroulait sur elle-même et qu'elle montrait à Mehdi comme s'il avait quatre ans, m'agaçait le fait qu'elle installe une chaise dans la chambre de Mehdi et qu'elle y reste assise à le veiller, alors que Mehdi, même s'il était parfois faible et somnolant, avait besoin d'intimité. À son âge, il ne pouvait tolérer qu'un adulte assiste au moindre de ses mouvements, soit le témoin de chacun de ses états. La chaise dans la chambre me faisait horreur, je ne savais comment le dire à Mme Lucien, aussi je cherchais des formules pas trop abruptes pour qu'elle accepte de ficher la paix à Mehdi. Quand il se levait pour regarder la télévision ou boire un verre de lait, j'imagine qu'elle devait là aussi se tenir embusquée et tendre les bras pour ne pas qu'il tombe. Mehdi ne tombait pas, depuis le temps il connaissait ses possibilités et ne prenait pas de risques, il était le seul à savoir ce qui se passait en lui, comment son corps réagirait, qui de son abdomen ou de sa nuque le tourmenterait et comment il apprivoiserait la douleur. Il adoptait parfois de curieuses positions, il haussait les épaules ou voûtait le dos pour soulager un point qui le gênait, il tirait aussi souvent sur ses bras et bougeait la tête de haut en bas, comme pour se débarrasser d'une bête accrochée sur son crâne. Je ne sais comment Mme Lucien réagissait quand Mehdi entamait l'une de ses étranges chorégraphies, elle prétendait avoir l'habitude mais chaque malade doit avoir ses manies, ses trucs spéciaux pour déjouer le mal qui se loge n'importe où. Je me savais injuste vis-à-vis de Mme Lucien, j'imaginais que cette femme, si elle donnait ainsi son temps et son énergie pour garder bénévolement un enfant malade, avait des raisons que je préférais ignorer, et ce sont ces raisons secrètes qui m'encombraient, qu'elle taisait pudiquement mais dont on sentait le poids dans chacune de ses attitudes. Et la façon dont elle se dévouait à Mehdi, et bientôt à l'ensemble de la famille, trahissait une solitude et une détresse qu'elle nous assenait malgré elle. Jamais pressée de partir, jamais en retard, jamais lassée, elle semblait trouver entre nos murs la vie et le contraste qui manquaient peut-être à son existence, et l'étendue de son abnégation, sa patience et son absence d'humeur me renvoyaient à mes limites et me rappelaient combien j'avais du mal à accepter mon sort. Alors qu'elle ne s'énervait jamais, posait chaque torchon sur son support, rinçait chaque verre d'eau après usage, et, la pire des choses, cette sale habitude qu'elle avait d'annoncer le soleil quand la neige fondue nous tombait sur la tête. J'aurais aimé qu'elle ne se fatigue pas à nous faire croire à la lumière quand tout était noir, mais il est des gens qui aiment jouer cette comédie, qui finissent par admettre ce vilain mensonge. Nous ne savions jamais si Mehdi avait passé une journée difficile parce que Mme Lucien nous masquait la vérité. À l'entendre, Mehdi était un enfant courageux et je me demande bien quel était ce courage auquel elle se référait. Mehdi était assommé par les médicaments, et sa capacité de réaction était ainsi absorbée, de même que l'impertinence qui aurait dû être celle de son âge. Quand Mehdi se laissait aller à manifester sa peur, ce n'était jamais auprès de Mme Lucien, ni même auprès de ma femme, quand Mehdi imaginait qu'il pourrait mourir, quand soudain l'espoir que Clavel ou Vera avaient insufflé commençait à se tarir, c'est vers moi qu'il se tournait et j'entendais les mots qu'il ne prononçait pas, les phrases qu'il ne formulait pas mais qui l'habitaient parfois.

J'attendais que Mehdi aille mieux pour l'emmener sur la Vespa, pour lui mettre entre les mains un marteau et des clous, comme le jour où nous avions posé des plinthes avec Antoine. J'attendais qu'il reprenne possession de ses esprits pour poursuivre avec lui le programme scolaire, par touches légères, je lui proposais de lire une poésie, de conjuguer quelques verbes, de découvrir l'expansion de l'Empire romain. Quand Lisa rentrait tôt du lycée et que j'étais de la brigade du matin, il nous arrivait de nous retrouver ensemble autour de la table de la cuisine et d'écouter Mehdi réciter quelques vers, que Lisa avait appris puis oubliés. Et pour soutenir Mehdi dans son effort, nous répétions tous les trois à voix haute le début de la poésie, nous nous laissions emporter par le rythme et le souffle des mots, grisés par la beauté de textes énigmatiques et le plaisir inattendu de tâtonner ensemble, de chercher puis de trouver, à force de concentration, le juste enchaînement et le ton idéal. La fenêtre était ouverte et le bruit de la rivière arrivait jusqu'à nous, les grands arbres bougeaient et Mehdi posait la tête sur ses mains, ce qui l'empêchait de prononcer correctement. Après, ma femme rentrait et posait les sacs des courses sur la table. On oubliait Baudelaire, Verlaine ou Apollinaire et on pensait à manger. On fermait la fenêtre à cause de la fraîcheur. Par moments on était bien, on savait encore se réjouir du repas qui nous attendait. Et le lendemain, levé à l'aube, je retrouvais les collègues à l'imprimerie. Mal réveillé, je m'installais sur ma rotative, un gobelet de café à la main, et je lançais la machine après avoir vérifié tous les postes, je commençais une nouvelle journée, dans le bruit et les odeurs d'encre qui ne me dérangeaient pas, dans l'air saturé de fines particules qui demeuraient invisibles tant que la lumière du jour n'arrivait pas sur la verrière. C'était parti jusqu'à la pause, je laissais les chevaux débrider leur puissance, siffler parfois dans les aigus, et, en surveillant à distance la métamorphose du papier, alors que le tempo devenait entêtant, je me répétais les vers à douze pieds de *L'Albatros*, qui m'avaient marqué et sonnaient impeccablement, parfaitement accordés au rythme de la machine, tournant en boucle dans ma tête. Ces vers que je ne comprenais pas tout à fait mais qui me plaisaient parce que j'en tirais des images, et je me répétais, encore et encore, une partie de la matinée : *Qui suivent, indolents compagnons de voyage, /Le navire glissant sur les gouffres amers.*

Je somnolais dans l'autobus du retour, sans jamais rater mon arrêt, je traversais la chaussée et rejoignais le lotissement en marchant quelques minutes le long des champs de maïs. Je n'aimais pas rentrer chez moi quand Mme Lucien était là. Nous étions gênés l'un et l'autre, et apercevoir ses chaussures dans l'entrée m'indisposait. Je n'avais pas envie qu'elle vienne vers moi, qu'elle me propose de boire un café alors que j'étais chez moi et que c'est moi qui aurais dû lui proposer une tasse. Je l'entendais arriver depuis le fond du couloir et la plupart du temps, pour différer cet instant, je m'enfermais dans les toilettes. J'aurais voulu voir Mehdi seul, retrouver Mehdi sans qu'elle assiste à ce moment, et du coup, pour n'afficher aucun de mes sentiments, je restais parfaitement neutre face à mon garçon qui, de la même façon, n'exprimait rien de particulier à mon retour. Mme Lucien me faisait un petit compte rendu de la matinée, sur un mode à dominante technique, et je savais si Mehdi avait de la température, s'il avait mangé, s'il s'était levé, s'il était allé pisser. Par contre, elle ignorait s'il avait repéré de nouveaux territoires sur son globe terrestre, s'il avait rêvé, et à quoi, s'il avait relu le passage où Robinson découvre que Vendredi est cannibale. Mme Lucien s'occupait de Mehdi mais elle ne savait rien de lui et j'espérais qu'elle n'en saurait jamais davantage. J'étais surpris de devenir aussi méchant, mais cela me faisait du bien. Mme Lucien avait l'air de tellement vouloir se sacrifier pour nous. J'ai une aversion spéciale pour tout sacrifice. Ça me rappelle trop ma mère. J'évitais que Mme Lucien me parle, je limitais le contact, je faisais l'ours exprès. Je ne parvenais pas à me forcer, les mots restaient coincés au fond de ma gorge et l'idée d'une conversation avec elle me glaçait. J'avais peur qu'elle déballe son avis sur les choses et, pire que tout, son passé. J'attendais qu'elle s'en aille, qu'elle rassemble ses affaires, son sac, son imperméable beige, qu'elle noue son foulard par-dessus ses cheveux et qu'elle dirige ses petits pas vers l'arrêt d'autobus. Une fois la porte refermée derrière elle, je pouvais respirer, ouvrir la fenêtre de la chambre de Mehdi, y faire entrer un air neuf et raconter à mon garçon les quelques nouvelles minuscules du jour. Souvent je rapportais des journaux, que Mehdi feuilletait sans les lire vraiment, c'était ma marque de fabrique, je rentrais du boulot avec des journaux sous le bras, des brochures, des revues, ça dépendait des jours. Ça nous évitait de parler de nous, on commentait ce que racontait la presse, on se laissait un peu aller. Je savais que Mehdi aimait ça.

Mehdi grandissait, et j'avais l'impression que c'était arrivé d'un coup. En peu de temps, il s'était forgé un caractère, avait développé des opinions et des préférences. J'avais d'abord cru que sa maladie allait le maintenir à l'écart, l'isoler dans une existence parallèle déconnectée du monde, c'est pourquoi j'avais pris l'habitude de lui mettre des journaux entre les mains. Mais le plus souvent, il ne m'avait pas attendu pour être au courant des nouvelles de la planète. Il écoutait la radio une partie de la journée, il s'installait devant Internet et ce qu'il n'avait pas appris à l'école arrivait jusqu'à lui autrement. Mme Lucien m'avait dit une fois son inquiétude de le voir écouter des émissions pas adaptées pour son âge. Je crois qu'en fait Mehdi n'avait pas d'âge, il avait le corps frêle d'un enfant, le visage d'un vieil homme certains jours et l'esprit d'un être aussi mûr que fragile, aussi lointain qu'imprévisible. Que connaissions-nous réellement de Mehdi ? Ce n'est pas parce qu'il restait le plus souvent silencieux qu'il ne pensait pas. Son intelligence et sa lucidité me désarmaient, il dépensait beaucoup d'énergie à vouloir nous rassurer, alors que lui savait ce que nous refusions de voir. Il savait que de son expérience on ne revient pas, il savait que, s'il vivait, il en porterait l'empreinte toujours. Il savait aussi que ce n'était pas si grave, je suis sûr de cela. Mourir n'est pas grave pour soi, Mehdi l'avait compris, il l'avait dit à Vera. Vera pouvait tout entendre et elle ne faisait pas semblant. Elle ne changeait pas de sujet quand les enfants se confiaient à elle, elle écoutait ce qu'ils ne pouvaient pas dire aux parents, elle ne répondait pas toujours, mais elle leur laissait le temps de poser les mots les uns après les autres, l'espace de quelques secondes. Ce que disaient les enfants n'était jamais long, ce n'était pas l'amorce d'une conversation, mais quelque chose qui venait d'un coup, une suite de mots parfois abrupts, dans laquelle il était toujours question des tourments qu'ils infligeaient malgré eux aux parents. Vera en savait long sur ces voix qui cherchaient son oreille, qui s'essoufflaient à force d'accepter l'inacceptable, au comble de la culpabilité. Elle caressait les bras, les nuques et les paupières, elle massait un peu les jambes, même si un kinésithérapeute était là pour ça, elle apaisait les corps nerveux, elle calmait. Mehdi n'était pas le même à la maison et à l'hôpital, plus il grandissait et plus son attitude changeait. Il devenait presque un adulte quand il partait pour un nouveau cycle de soins, il posait les questions que nous oubliions de formuler, il arrivait dans le service et remarquait les moindres changements, il se renseignait auprès des infirmières, semblait ferme et distant et nous étions étonnés qu'il apparaisse aussi déterminé.

La période pendant laquelle Mme Lucien nous seconda à la maison fut plus reposante mais pas plus tranquillisante. Et la nuance était de taille, comme s'il était impossible de tout avoir, comme si tout valsait en des vases éternellement communicants. Nous étions plus libres de nos mouvements, nous ne suffoquions pas à l'idée de laisser Mehdi seul quelques minutes, mais la présence de Mme Lucien altérait quelque chose dans notre famille, que nous avions du mal à définir. Nous nous sommes séparés d'elle brusquement, un jour où nous n'avons plus supporté. L'attention qu'elle avait pour Mehdi m'avait toujours semblé feinte, comme si elle comptait sur lui pour retrouver le sens qui faisait défaut à sa vie. Elle le considérait comme son fils, ou plutôt comme son nouveau-né puisqu'elle oubliait qu'il avait des parents, des habitudes, une sœur, un passé, une école où il se rendait il n'y avait pas si longtemps. Elle ignorait que Mehdi vivait aussi sans elle, hors de sa portée. Nous avions remarqué à plusieurs reprises qu'il n'avait pas touché à la nourriture que nous lui avions préparée mais que Mme Lucien avait cuisiné des plats chez elle, qu'elle lui apportait. Cela avait commencé par un gâteau, que Mehdi avait à peine grignoté, suivi d'une tarte au fromage, qu'elle avait partagée avec lui sur la table de la cuisine avant que je rentre de l'imprimerie. Un autre jour, elle réchauffa du blanc de poulet avec du riz, alors que ma femme avait fait cuire des haricots verts le matin avant de partir travailler. Puis elle offrit des vêtements à Mehdi, d'abord un tee-shirt, que Mehdi avait reçu sans joie particulière, ensuite un gilet à manches longues démodé. Elle avait insisté en offrant un pull-over qu'elle avait probablement tricoté à la main. Et là, ma femme avait dit stop, poliment, sans brusquer personne. Après, Mme Lucien avait apporté des livres pour Mehdi, puis des jeux, et ce fut à nouveau l'escalade. Nous devions empêcher Mme Lucien de gagner du terrain, d'empiéter sur notre rôle de parents, nous ne savions quelle influence elle finissait par avoir sur Mehdi, nous avions de sérieux doutes. Puis un soir, alors que Mehdi se sentait mal et qu'il avait un moment de découragement, il me confia qu'il n'était pas sûr de savoir prier. Devant mon insistance, il révéla que Mme Lucien l'avait persuadé que sa rémission avait un lien avec Dieu. Il fallait prier et il serait guéri. C'était la seule issue. Le lendemain, je demandai à l'association que Mme Lucien ne revienne pas.

Ensuite, ce fut le tour de la sœur de ma femme de séjourner à la maison, elle était au chômage depuis peu et nous dépannait volontiers. Elle dormit quelques nuits sur le canapé du salon, puis Lisa lui prêta sa chambre. Mais ma belle-sœur devait s'occuper de ses propres enfants, et le manège n'a pas pu durer. Je n'insistai pas du côté de ma mère, évidemment. Elle ne nous aurait été d'aucun secours. C'était déjà beaucoup si elle se souvenait qu'elle avait deux fils. Mon frère vivait à l'autre bout du pays et la maladie de Mehdi le touchait sans qu'il sache comment nous aider. Il avait d'autres soucis, il était en train de divorcer et, quand il appelait, il parlait avec ma femme et quelques minutes seulement avec moi, ce qui me convenait. Mais à bien y réfléchir, il était lui aussi dans une situation difficile, et jamais je ne l'ai réellement soutenu non plus. Quand j'y repense j'ai des regrets, j'imaginais que ma condition était plus grave que la sienne, je n'ai pas su voir, je n'ai pas compris. Il faut dire que mon frère ne se racontait pas. Aujourd'hui on ne sait plus que faire, c'est comme si on s'était ratés, alors on reste distants, chacun dans son coin. Élodie vint nous voir à nouveau, elle n'avait toujours pas de carnet pour noter mais je la trouvais attachante, même si son nombril au milieu du salon me semblait incongru. Elle ne paraissait pas me tenir rigueur des remarques un peu vaches que je lui avais réservées lors de sa première venue. Elle voulut rencontrer Mehdi cette fois, ce qui ne servit pas à grand-chose, mais elle fit l'effort de ne pas tordre le nez devant son crâne chauve. Elle se tint parfaitement, s'exprima parfaitement, et rit beaucoup quand elle entendit la sonnerie du téléphone portable de Lisa qui était la même que la sienne. Je n'avais pas remarqué, la première fois, à quel point Élodie était de bonne humeur. Une vraie brave fille qui n'hésite pas à se retrousser les manches et qui comprend vite. Elle sortit aussi précipitamment qu'elle était entrée, démarra sa voiture en appuyant fort sur l'accélérateur et disparut pour toujours. Puis, ce fut ma femme qui prit des congés, trois semaines d'un coup cette fois et j'enchaînai avec mes congés à moi, ce qui nous permit de tenir jusqu'à la fin de l'été. C'était notre affolement je crois qui rendait le temps plus compact, les allers-retours à l'hôpital plus serrés. Depuis que Mehdi avait cru qu'il lui fallait prier, quelque chose s'était détraqué. Sa présence n'était plus la même, je le sentais moins confiant. Et pourtant, il lui arrivait encore de rire, de se disputer avec Lisa, de refuser d'éteindre l'ordinateur. Il lui arrivait de résister, de s'opposer à ses parents, et c'était peut-être ce qui me faisait le plus plaisir, mon garçon bientôt adolescent qui claquait une porte dans la maison, qui nous faisait savoir son humeur. Là oui, j'étais bien, j'espérais qu'il aurait le temps de se rebeller vraiment.

Un matin à l'imprimerie, alors que la fin de l'été se faisait sentir, José me dit qu'il voulait me voir pendant la pause. Tous les gars étaient là, Dubecq, Tony, Ziha et Nouredine, Alain, et même le Yougo, Pierre et Léon et le chef aussi du service des expéditions, ainsi que le chef du personnel, chez qui je m'étais rendu souvent ces derniers temps, un type pas drôle mais réglo. Et des collègues d'autres plateformes, des filles aussi. Tout le monde était debout dans le bureau, et la tension était palpable, comme si on allait annoncer mon licenciement. Je sus tout de suite que c'était grave, que le ton n'était pas à la plaisanterie. Je compris aussi que j'étais l'élément central de la réunion, ce qui ne s'était jamais produit je crois. Il y eut encore deux ou trois techniciens qui entrèrent avec un gobelet de café à la main puis le chef du personnel prit la parole de façon solennelle. Conscients de la situation que je vivais avec Mehdi, les salariés des deux brigades avaient décidé de m'aider et de faire une collecte. Et comme j'avais plus besoin de temps que d'argent, ils avaient choisi de me donner du temps, en prenant chacun sur leurs RTT. Sur le coup, je ne compris pas mais le chef du personnel se fit plus clair. Chacun avait décidé de me donner un jour, ou plusieurs, qu'il prendrait sur ses congés personnels, pour que je puisse m'occuper de Mehdi. C'était un geste collectif, simple. Le règlement le permettait. Un jour ou deux pour chacun, ce n'était pas grand-chose, reprit José, mais pour moi, ça se sentirait. La collecte s'élevait à quarante-deux jours, ce qui, avec les week-ends, me permettait de prendre presque deux mois. Je voyais les visages des gars qui commençaient à sourire, et je restais là, pour ainsi dire hébété. Je voulais prendre la parole mais c'était un voile qui passait devant mes yeux, et je sentais comme un vertige qui montait, une sorte de trouble effrayant, que je ne pus contenir et se transforma en un sanglot qui me prit en traître. J'étais là devant l'assemblée, les mains crispées dans les poches de ma blouse, et j'étais incapable de réagir, tout occupé à contenir mes tremblements. Je voulais parler mais je sentais mon grand corps se voûter et mon visage s'incliner vers l'avant pour ne pas montrer ma figure déformée, puis je mis les mains devant mes yeux et, après avoir essuyé tout ça, je me ressaisis en respirant. Je ne comprenais pas pourquoi les collègues me faisaient ce cadeau, je ne pouvais accepter, je remerciais mais refusais en même temps, je bafouillais quelques débuts de phrases maladroites. Puis Manu intervint, ferme et direct. Il dit que la maladie de Mehdi nous concernait tous, qu'à un moment ou un autre, nous serions tous touchés, que nous avions toujours fait une collecte en cas de coup dur, et là c'était un coup dur, nous ne pouvions rester à nous croiser les bras. Ce qui était surprenant était la façon dont il m'englobait dans le *nous*, me mettant ainsi au même niveau qu'eux, il m'incluait dans l'action, ne me laissait pas sur la touche à endosser l'impossible statut de victime.

Manu avait trouvé les mots justes, et je devinais qu'en proposant une forme nouvelle de solidarité, il rachetait peut-être ce qui avait capoté lors de la dernière grève, la triste désintégration du mouvement qu'il avait déplorée et surtout la façon dont les uns avaient commencé à se monter contre les autres. Je sentais bien qu'en ralliant tout le monde, ceux du syndicat jusqu'aux plus individualistes, Manu et José cherchaient à réinventer une unité perdue, peut-être seulement fantasmée. Le chef du personnel, pour d'autres raisons, avait lui aussi intérêt à fédérer ses hommes et préférait qu'on se batte contre la maladie que contre la direction. Pour être honnête, je n'ai pas compris tout de suite, je percevais simplement qu'en me faisant du bien, les collègues se faisaient du bien aussi. Et qu'en acceptant de voir la mouise dans laquelle j'étais, ils étaient soulagés de ne pas être à ma place, conscients tout à coup de ce à quoi ils échappaient.

J'étais fier je crois de dire à ma femme que les collègues m'offraient des journées pour m'occuper de Mehdi. Ce présent inattendu signifiait que les gars m'appréciaient et c'était bon d'être aimé. J'étais heureux et malheureux à la fois parce que je ne pouvais jouir pleinement de ce cadeau, je ne pouvais ni en jouir ni me réjouir, j'étais comblé mais enfermé dans un piège, et la bonté des copains, au lieu de m'être douce, agissait violemment, parce que j'avais peur de ne jamais être capable de leur rendre leur geste. J'allais pouvoir m'occuper de Mehdi sans me soucier d'aucun horaire, ni de la Sécurité sociale, je n'aurais plus aucune justification à donner, aucune preuve à apporter. Provisoirement. J'allais pouvoir me reposer, me mettre au rythme de Mehdi, ne plus penser qu'à lui. Et c'est ce que j'ai fait, j'ai transformé mon travail d'imprimeur en travail de père à plein temps, j'ai redéployé toutes mes compétences, mis en pratique l'ensemble de mes capacités, j'ai réappris à dormir en même temps que Mehdi, à manger à son rythme, à veiller à la bonne température de la maison, à la bonne inclinaison de son sommier, j'ai voulu regarder avec lui la télévision, l'accompagner quand il voulait sortir. Je l'ai pris derrière moi sur la Vespa quand il était en forme, je lui ai montré ce que je pouvais encore lui montrer, les arbres, le ciel, les places de la ville désertes en plein après-midi, la rivière encore une fois, avec les pêcheurs sur les berges, les vols d'oiseaux qui migrent vers le sud, la maison hantée et la ferme après les champs de maïs, je l'ai emmené ici et là, faire le tour de ce qui était notre décor, notre paysage unique et monotone et qui n'intéressait pas un garçon de douze ans, mais je ne savais que lui donner d'autre, j'aurais voulu faire plus mais je n'avais pas d'idées. Ma femme avait proposé que nous allions à la mer, ce n'était pas si loin, nous aurions pu dormir à l'hôtel. Nous avions cherché une chambre sur Internet, nous nous étions promenés ainsi, d'images en images, et nous avions parcouru les villes du bord de la Méditerranée, nous avions aimé les ports de pêche et les calanques, nous avions fait défiler toutes les images, celles des rivages découpés, les plages de galets, la falaise qui plonge parfois dans la mer et les pins parasols qui s'accrochent sur des reliefs instables. Nous nous étions, ma femme et moi, installés devant l'ordinateur, nous reprochant à tour de rôle de ne pas cliquer assez vite, ou trop vite, ou pas au bon endroit, ne nous intéressant pas aux mêmes détails, aux mêmes informations, elle plus efficace, espérant repérer ainsi l'hôtel qui nous accueillerait, et moi proposant plutôt que nous allions au camping. Descendre à l'hôtel me semblait trop cher, j'avais en tête que les gars m'avaient offert leurs jours de congés, et ça me gênait de dépenser autant. Il y avait des dizaines d'hôtels possibles, alors qu'un seul aurait suffi, nous avons visité des patios, des chambres, des terrasses, des réceptions, des tableaux de disponibilités, et plus nous avions le choix, plus nous étions perdus. Nous avons tenté plusieurs villes en bord de mer, plus ou moins renommées, la station balnéaire où étaient allés les Orsini l'année précédente, mais nous préférions ne pas faire comme les Orsini, nous n'avions pas envie de comparer, instinctivement nous voulions un week-end qui n'appartiendrait qu'à nous. Mehdi et Lisa nous avaient rejoints devant l'ordinateur, et nous leur avions fait de la place pour qu'ils visitent aussi le littoral, Lisa demandait qu'on choisisse une plage avec du sable, et Mehdi nous rappelait qu'il ne se baignerait pas. Ma femme avait répondu que nous irions quelque part simplement pour changer d'air, voir la mer c'était quand même une chance. Puis elle avait accompagné les enfants dans leurs chambres, et j'étais resté devant l'ordinateur, sans but. Des calanques, j'étais arrivé au grand port marchand, puis à la raffinerie, j'avais poursuivi avec l'équipe de football qui gagnait le championnat de France, j'avais visionné une vidéo d'extraits de match, puis les interviews des joueurs, le commentaire d'un journaliste, et j'avais fini par me retrouver seul devant l'écran allumé, alors que chacun était allé dormir, à visiter la boutique du club qui vendait des tee-shirts. Il était déjà tard quand j'avais éteint, j'avais bu une bière dans la cuisine et j'avais rejoint ma femme. Je ne sais si elle dormait, mais elle ne bougeait pas, sa respiration régulière ne m'invitait pas à lui adresser la parole, et pourtant j'aurais aimé la serrer contre moi.

Nous ne sommes jamais allés au bord de la mer, mais en avions-nous réellement envie. Ce n'était pas de la mer ou même de la lumière dont nous voulions nous rapprocher, mais certainement d'un monde différent, comme si changer de lieu avait pu nous permettre de changer d'histoire, et pourquoi pas de corps. Nous voulions nous éloigner, oublier notre quotidien lancinant, notre voie peut-être tracée vers l'inéluctable. Nous voulions que nos pensées soient brouillées par le mistral entêtant, nos silhouettes déformées, nos yeux éblouis par la clarté d'autres couleurs. Nous pensions que nous serions une autre famille ailleurs et qu'une parenthèse de beauté viendrait soulager le poids que nous portions. Mais nous n'avons pas réservé d'hôtel, reportant au lendemain, puis encore au lendemain, nous avions manqué le week-end où nous aurions pu partir. Ensuite, il y avait eu des portes ouvertes au lycée de Lisa, et Mehdi était retourné à l'hôpital pour subir de nouveaux examens. Nous étions ainsi entrés dans l'automne, la saison des pluies allait bientôt commencer.

Je ne travaillais pas pendant que mes collègues se levaient chaque matin, j'étais libre de mon temps et de mes mouvements, et cette liberté offerte par ceux qui vivaient enfermés à l'imprimerie me grisait et m'oppressait à la fois. Je savais que ce temps mis à ma disposition se devait d'être utile et dépensé à bon escient. C'était ce que je ressentais quand je divaguais dans la maison ou que je posais les quelques lés de papier peint qui manquaient encore dans le couloir et sur un des murs du salon, je pensais à ce temps que les gars sacrifiaient pour moi et je m'en voulais de ne pas être à la hauteur, le plus souvent désœuvré, à boire de plus en plus de bières quand ma femme était absente. Je ne pouvais gaspiller tous ces jours à simplement être là, disponible pour Mehdi, cela me semblait insuffisant, comme si j'avais à rendre des comptes. Je voulais être digne du présent qui m'était fait, mais je ne savais comment me comporter, comment attacher, à chacune des heures passées, la qualité qui aurait dû la distinguer. Alors je cherchais, je me creusais, je me demandais comment rendre ces journées plus intenses, et cela me torturait. Je flânais avec Mehdi sur la Vespa, mais je ne pouvais me contenter de longer la rivière, revenir sur des chemins déjà connus, je voulais toujours pousser plus loin, explorer d'autres routes, d'autres collines, mais je savais que je ne devais pas trop m'éloigner, je craignais, comme toujours, que Mehdi ne supporte pas la distance, les moments où il se sentait bien devenaient rares. Il fallait savoir les saisir.

Je voulais avoir des choses à raconter aux collègues, même s'ils ne me questionnaient pas, je me sentais obligé de passer les voir de temps en temps pour leur montrer ma gratitude et les assurer qu'ils n'auraient pas à regretter leur action. Je devenais leur obligé, je n'aimais pas cette période où je devais apporter les preuves d'un temps bien employé, d'un temps intelligemment, richement, sérieusement employé. Sinon comment auraient-ils supporté de m'avoir donné autant ? Même s'ils ne me le demandaient pas, je m'imposais de justifier le capital dont ils m'avaient gratifié, alors le plus souvent je mentais. Je ne disais pas que je restais chez moi allongé sur le canapé pendant que Mehdi respirait dans son lit, je ne disais pas que je me traînais jusqu'à la cuisine et qu'au moment de faire à manger, je n'avais pas même la force d'éplucher des légumes, que le plus souvent je me contentais de faire cuire quelques pâtes. Je ne disais pas à Manu que nous mangions parfois des sandwichs, par pure paresse de ma part, que je glissais du fromage entre deux tranches de pain restant de la veille, et que nous nous en contentions. Non, j'inventais, à l'intention des collègues, des scénarios pour les contenter, je disais ce que j'entreprenais avec Mehdi, les soins que je lui prodiguais, je leur assurais que je l'accompagnais ici ou là, dans un but strictement médical, absolument thérapeutique, les collègues n'auraient pas aimé entendre que je profitais de mon temps pour me promener à Vespa, ou pour poursuivre les travaux à la maison. Non, ils n'avaient pas donné leurs RTT pour que je fasse de la peinture ou que je plante mon jardin, encore moins pour que je parte en week-end au bord de la mer, c'est en tout cas ce que j'imaginais, alors je me montrais à leurs yeux un garde-malade d'une totale efficacité. De plus, je ne savais qui avait donné quoi, et même si chacun avait souhaité garder la chose secrète, je n'avais pu m'empêcher de me poser la question. Est-ce que José avait donné plus que Dubecq ? Est-ce qu'Alain avait participé ? Qui avait convaincu qui ? Qui s'était laissé convaincre ? Je n'y pensais pas, à vrai dire, disons que cette question m'avait traversé l'esprit un soir que je marchais le long de la rivière pendant que Mehdi était à l'hôpital, et que je me demandais s'il dormait déjà. Je m'étais accroupi sur le sol légèrement humide, perdu comme chaque fois que Mehdi partait quelques jours, sans but et dépossédé, incapable de partager avec ma femme la moindre parole, je m'étais alors laissé envahir par ce genre de considérations, je ne sais pourquoi, là au bord de la rivière, tandis que le courant était plus fort qu'à l'ordinaire, presque à son point le plus haut à quelques jours de l'équinoxe. J'avais décidé que le lendemain je me rendrais à l'imprimerie, pris par une culpabilité assez poisseuse, je m'étais dit que ce serait bien de voir les copains, et aussi je me sentais seul, trop loin. Leur cadeau finalement était étrange, ils me demandaient de m'éloigner, même si c'était pour me faciliter la vie, ils m'offraient la possibilité de me passer d'eux, de les quitter. J'avais du mal à m'y faire, je dois reconnaître qu'ils me manquaient.

Mehdi ne demandait jamais rien, ni d'être rassuré, ni d'être occupé. Il avait appris à être là, sans peser ni exiger une attention particulière et sa présence s'était modifiée, comme allégée, alors que cela aurait dû être le contraire. Il tentait de se faire oublier et cela m'arrangeait parfois, je dois bien l'avouer, qu'il exprime si peu de désir et presque pas de plainte. Quand nous parlions, il me disait les noms qu'il repérait sur son globe, il me parlait de banquises ou d'océans, de volcans ou d'animaux en voie de disparition. Il se souciait des bélugas et des bonobos, il s'inquiétait pour les tigres de Sumatra, et je ne savais que répondre, je n'étais pas très calé, je restais perplexe, je passais mon temps à minimiser auprès de lui les dégâts commis par l'homme. J'étais étonné de voir tout ce que Mehdi savait, et comment il retenait tous les détails. Un jour, il m'avait longuement parlé des ours, et j'avais dû me concentrer pour rester attentif, saoulé par la profusion d'informations qu'il me donnait. L'ours polaire semblait particulièrement l'intéresser, et aussi sa probable extinction du fait du réchauffement de la planète. Je ne savais comment répondre à Mehdi, je n'avais aucun argument à opposer à son jugement, nous ne pouvions que constater ensemble le désastre annoncé et je mesurais mon impuissance, mon impossibilité à apporter à mon fils les réponses et le réconfort qu'il attendait. Je me demandais comment un père pouvait être à ce point démuni, pas loin de penser que je ne servais à rien. À quoi je servais, du matin au soir, finalement ? Était-il raisonnable que mes collègues se privent pour moi alors que je ne savais même pas trouver de solution pour les ours polaires ? Avais-je si peu d'imagination ? J'ignorais ce qu'attendait Mehdi, que je lui mente ou que je lui dise la vérité.

Quelques jours plus tard, j'emmenais Mehdi en ville et nous franchissions le seuil du musée d'Histoire naturelle, où je n'étais plus retourné depuis l'enfance. J'en avais un souvenir flou mais marqué par le peu de lumière et le parquet qui craque. Le musée avait été rénové et tout le monde en parlait. Tous les élèves de toutes les écoles s'y précipitaient, et j'avais entendu dire qu'il y avait un ours blanc, debout sur ses pattes arrière, immense et très impressionnant. Mehdi gardait précieusement son ticket à la main et avançait près de moi sans savoir où fixer son attention. Nous étions deux parmi des dizaines d'enfants accompagnés par leurs professeurs, qui parlaient fort et se bousculaient, et notre duo passait inaperçu même si le crâne chauve de Mehdi retenait quelques regards. Il ne semblait pas s'en soucier et c'était moi qui avais le plus de mal, qui ne voulais pas que les enfants voient Mehdi, qui ne supportais pas l'inconvenance de notre présence. Je sentais monter en moi un début de malaise et puis je me calmais, je n'avais pas l'habitude d'être à l'extérieur avec mon garçon et un acte aussi anodin qu'aller au musée devenait une bizarrerie, voire un geste d'héroïsme. J'étais prêt à réagir, à répondre à des regards trop vifs ou des réflexions déplacées, prêt à éloigner les indélicats, à protéger Mehdi quoi qu'il arrive. Mais rien ne se passait de désagréable, seul mon esprit s'emportait et anticipait tous les scénarios possibles. Là où Mehdi évoluait avec détachement, j'avançais en prenant mille précautions, retenant notre pas pour laisser partir devant le groupe d'élèves, veillant à ne pas les rejoindre ni croiser leur route, alors que Mehdi ne se souciait, en apparence, ni des enfants ni de son visage creusé, et je me demandais comment cela était possible, qu'il ne ressente ni gêne ni honte, peut-être n'avait-il pas conscience de son apparence, peut-être qu'il n'en était déjà plus là. Alors je calquai mon attitude sur la sienne, et je me mis enfin à poser les yeux sur les animaux et les objets exposés. Je restai près de lui quand il se figea devant le squelette d'un dauphin géant, ou plutôt d'une orque dont il m'apprit qu'elle était le prédateur des mers le plus terrible, celui qui apporte la mort, comme son nom l'indique : *Orcinus orca*. Ce n'étaient pas les animaux, les dépouilles ou les squelettes qui me fascinaient, mais l'attitude de Mehdi qui voyait dans chaque nouvelle pièce une raison de s'étonner et un commentaire à apporter. J'avançais à son rythme, sans m'éloigner, et je buvais ses paroles, observais les traits de son visage qui se modulaient à chaque étape de la visite, je commençais à me sentir bien près de Mehdi qui semblait intéressé par tout ce qu'il voyait, les deux antilopes et le lynx empaillés, le loup décevant par son allure efflanquée et presque pitoyable, puis enfin l'ours blanc qui clôturait l'espace des mammifères, en effet géant debout sur ses pattes arrière, et menaçant si l'on en jugeait par le rictus agressif dans lequel les naturalistes l'avaient figé. Mehdi avait voulu évaluer la longueur de ses griffes et de ses crocs et il me rappela comme c'était désormais difficile pour les ours de chasser le phoque sur la banquise qui fondait et comment l'espèce s'était réduite à seulement vingt mille spécimens. J'écoutai Mehdi et je mesurai son plaisir de m'apprendre ce que je ne savais que très approximativement, alors j'engageai la conversation et nous évoquâmes pendant plusieurs minutes le sort réservé aux ours, et je fis mine d'être préoccupé autant que lui, choqué même, je jouais la comédie parce que, franchement, les ours, c'était le dernier de mes soucis. Mais l'indignation de Mehdi me touchait, et en même temps sa trop grande sensibilité commençait à me contrarier, et je perçus quelque chose qui montait en moi et disait mon agacement à supporter cet enfant qui laissait sa fragilité s'exprimer à la moindre occasion. Je m'en voulais de la façon dont l'intolérance me gagnait d'un coup mais Mehdi insistait et déjà sa voix avait monté d'une octave, comme le jour où nous avions ramené le chat, ce qui me rendait cassant à tous les coups, et après je le regrettais. Je fis quelques pas en avant pour me dégager et ne plus entendre son discours plaintif, en me dirigeant vers l'escalier qui accédait aux insectes, et repensai au Mehdi qui caillassait les libellules il n'y avait pas si longtemps et que finalement je préférais. Je l'aidai à monter les marches et il chercha un siège, en vain, pour se reposer. Ce fut contre moi qu'il trouva un appui et reprit sa respiration. Nous restâmes un moment rivés l'un à l'autre devant les planches de papillons, impressionnantes de beauté. Mehdi appuyait sur le bouton et l'ensemble défilait, le tableau s'immobilisait et nous ne savions où accrocher nos yeux tant les couleurs et les matières offraient des nuances inépuisables. Toute cette douceur et cette harmonie nous firent du bien. Puis nous poursuivîmes au règne de l'éphémère et passâmes de planche en planche, sidérés par toutes les variétés de coléoptères, scarabées, coccinelles, lucanes ou hannetons, dont nous observâmes avec attention les motifs des élytres, nous immergeant dans un monde purement visuel à la répétition obsédante. Mehdi continuait d'appuyer sur tous les boutons, de faire bouger devant nous cette multitude d'insectes figés pour toujours, aux antennes disproportionnées et désormais inutiles, et la déclinaison des formes à l'infini nous aspira dans un univers parallèle où il était bon de se plonger et de s'oublier un instant. Nous nous sommes installés un long moment au café du musée et je me disais que mes collègues m'avaient permis cela, passer deux heures avec Mehdi à déambuler au cœur du règne animal, mais que je ne leur en dirais jamais rien. Il y avait quelque chose de dérisoire à avoir ainsi passé du temps à détailler des corps empaillés ou conservés dans du formol, à considérer de plus près les pelages, les os, l'ivoire des dentitions, le lustre des carapaces, mais ce quelque chose d'un peu ridicule n'était pas un simple divertissement. Nous nous étions sentis bien sans trop savoir pourquoi dans ce lieu protégé où tout était déjà mort mais tellement paisible. Nous avions bu notre limonade sans parler alors que montait en nous l'étrange sensation d'avoir échappé provisoirement à l'emprise du temps. Nous avons quitté les lieux à regret et avons eu du mal à supporter la lumière du jour et le rythme de la ville qui déjà nous pressait. Plus tard, nous sommes allés chercher ma femme au travail, c'était comme un petit événement. Nous avons attendu longtemps sur le parking qu'elle finisse par apparaître. La nuit tombait. Mehdi a enlacé sa mère, debout près de la voiture, puis s'est installé à l'arrière. Il a changé de place, et entre lui et moi, ce n'était déjà plus pareil.

Nous avons raconté, mais nous n'avons pas dit l'essentiel. Je suis resté évasif parce que je ne savais comment expliquer ce que nous venions de vivre. Je me suis contenté de considérations concrètes, comme mentionner le prix d'entrée ou la belle rénovation des salles. Mehdi s'est perdu dans des détails sans importance, revenant sur la taille des griffes de l'ours polaire, et ma femme hochait la tête mais je savais que nos paroles ne la touchaient pas vraiment. Elle a fait mine de s'intéresser à notre journée, nous a posé quelques questions pour la forme mais sa tête était ailleurs. Nous avons roulé et n'avons pu éviter le bouchon sur la départementale, bientôt immobilisés sous la pluie qui commençait à tomber. Alors ma femme s'est mise à parler de Marie-Louise, et sans se rendre compte qu'elle entamait un monologue, elle a énuméré la liste des petites vexations qu'elle endurait depuis des mois, et dit comment sa chef lui confisquait la parole lors de la réunion bimensuelle, comment elle s'attribuait des actions que ma femme avait menées, des idées que ma femme avait eues, comment elle niait purement et simplement son travail, sans jamais être désagréable, c'était bien cela qui la rendait folle, la chef de ma femme était d'une amabilité sans faille, elle la complimentait abondamment sur ses tenues, et le plus souvent en public, s'inquiétait de la santé de Mehdi, se voulait comme une amie, presque une confidente, mais la maintenait dans un rôle de figurante d'autant plus humiliant qu'il n'était pas perceptible. Lors de la fameuse réunion de bureau, et cela datait de la veille, ma femme devait prendre la parole pour aborder le cas d'Al Qatari, client unique du Qatar, qui avait refusé de réceptionner sa livraison en raison du ramadan, une situation courante dont Marie-Louise avait omis de l'informer, la mettant ainsi en difficulté. Ma femme avait dépensé une énergie particulière sur ce dossier et, surtout, avait réussi à résoudre le problème au prix de nombreux échanges par e-mail, le tout en anglais, avec les douanes et différents organismes internationaux, ce qui pour elle représentait une belle prouesse, et la preuve de sa compétence. Mais au moment de laisser ma femme exposer le litige et sa résolution, Marie-Louise avait résumé l'affaire en deux phrases anodines, rappelant comment les Arabes avaient du mal à se soumettre aux lois du commerce, alors que la question n'était pas là, la question, Marie-Louise ne la connaissait pas puisqu'elle n'avait pas échangé directement avec le client, et le problème était passé à la trappe comme le récit qu'aurait dû en faire ma femme. Mais surtout, au moment où la chef avait pris la parole, elle avait dit *je*, et ma femme avait souffert de ce *je*, de ce mensonge assez gonflé. Comment avait-elle pu dire *je* pour une action qu'elle n'avait pas menée personnellement ? Voilà où nous en étions en ce début de soirée, en train de débattre sur ce *je* usurpé, et surtout, comme je n'étais pas d'accord avec elle et que je m'impatientais, ma femme voulut me faire réagir en déclarant que je ne pouvais pas me permettre de juger étant donné que j'étais l'enfant gâté de l'imprimerie, sous-entendu le protégé de José.

Le soir, nous avons reparlé du cadeau et de la pagaille qu'il commençait à mettre dans notre vie. Passé le moment d'enthousiasme brut avec lequel nous avions accueilli la nouvelle, sidérés de la générosité avec laquelle chacun s'était engagé, nous avions pressenti, ma femme et moi, que ce qui nous était donné comme un privilège, un gage de soutien et d'affection, allait vite s'avérer plus encombrant que prévu. J'avais d'abord envisagé les choses simplement, et c'est ainsi je crois que mes collègues avaient imaginé la portée de leur geste. Quelque chose de sain et de simple, sans arrière-pensée. Ils avaient probablement été grisés par l'élan né de leur décision, son ampleur inédite et la façon dont elle tranchait avec la violence sociale qui partout assassine. Ils avaient voulu stopper l'injustice et le mépris et prouver que le profit ne peut rien pour les hommes. Ils avaient commis un acte provocateur, d'une radicalité qui détonnait dans l'atmosphère ambiante : se départir pour donner à l'autre, autant dire une folie, une transgression qui les grandissait. On n'était pas loin d'un machin religieux qui pourtant hérissait les poils de la plupart des copains. Mais je savais que ce n'était pas ça, c'était plus viscéral, c'était la solidarité contre l'impuissance, il est vrai que les collègues en avaient assez de la soumission. Depuis la grève ratée, ils avaient envie d'épater la direction, de lui donner une leçon, l'amertume s'était changée en force nouvelle. Ils voulaient aussi s'épater eux-mêmes, ne plus traîner à leurs basques cette image d'hommes vaincus dans laquelle ils s'engluaient un peu plus chaque jour. Question d'orgueil. La maladie de Mehdi arrivait au bon moment, si je peux oser, pour redistribuer estime et panache, pile pour les sauver. Et cela me coûte de devoir parler d'eux sans m'inclure dans le groupe, j'aurais tant aimé faire partie de cette histoire, mais de l'autre côté, et, en me gratifiant de leur bonté, les gars, sans le savoir, me privaient de quelque chose, m'excluaient, m'isolaient seul derrière un mur désormais infranchissable. Ils avaient voulu m'aider mais nous avaient séparés. Je tentais de dire cela à ma femme, alors que nous étions tous deux assis au fond du canapé du salon, je tentais de comprendre ce qui me pesait et que j'avais du mal à accepter. J'essayais de savoir pourquoi il est plus facile de donner que de recevoir et je crois que ma femme m'écoutait, même si elle s'était levée plusieurs fois pour aller chercher quelque chose dans la cuisine et voir du côté des chambres si les enfants dormaient. Oui, j'aurais voulu être à la place des collègues, avoir cette bonne idée avec eux, le cadeau était l'œuvre de tous, il n'avait pas de visage, et moi j'en avais un, je me sentais regardé et donc écrasé, soutenu mais écrasé, drôle de paradoxe. Nous n'étions pas sur la même échelle, eux et moi, leur action était d'un romantisme total, alors que moi je me débattais dans le quotidien d'une réalité tellement archaïque. La beauté contre la trivialité, cette sensation m'était insupportable. Mais ma vie n'était pas laide, ce n'est pas ce que je veux dire, simplement je n'avais rien à montrer qui puisse les contenter. Je me demandais s'ils avaient compris ce qu'ils faisaient, s'ils se rendaient compte de ce que c'était que passer ses journées entières avec son enfant, eux qui avaient voulu mon bien auraient-ils été prêts à vivre chaque seconde près de leur fils, à l'habiller, le protéger, le nourrir, le distraire, le rassurer, le conduire, le veiller, l'observer, l'accompagner, le tenir, l'écouter, savaient-ils que par moments, à force d'être présent et de me vouloir irréprochable, il m'arrivait de détester mon garçon, de le rejeter au point que je restais enfermé dans la cuisine sans pouvoir en sortir, au point de prendre la Vespa et de disparaître une heure ou deux ? J'aurais aimé être capable de leur dire cela, que ma vie avec Mehdi n'avait rien à voir avec l'idéalisme de leur geste, que j'étais parfois un sale type et que la maladie me rendait mauvais. Bon et mauvais c'était selon et je ne sais pas moi-même comment je basculais d'un état à l'autre, à quoi ça tenait. Je crois qu'en me désignant pour être un père à plein temps, ils m'assignaient une mission qu'aucun d'entre eux n'aurait pu remplir. Je suis sûr qu'au fond ils le savaient. Ils avaient des gosses pour la majeure partie, et je n'étais pas certain qu'ils se soient jamais battus pour être vraiment à leurs côtés. Je ne les avais jamais entendus refuser une brigade ou des heures supplémentaires, vouloir rentrer tôt les soirs d'apéro. Peut-être qu'ils n'en parlaient pas, par pudeur, simplement parce que ce n'est pas viril. C'est moi, au final, qu'ils avaient choisi pour réaliser ce qu'aucun d'entre eux n'avait accompli, je me demandais s'ils ne rachetaient pas quelque chose, ils me sommaient de réussir là où ils avaient échoué, là où nous tous avions failli, y compris nos propres pères. Et cette injonction m'étouffait. Je ne pouvais le leur dire, mais leur geste arrivait trop tard, impossible de faire de la place en moi pour recevoir leur don, toute mon énergie était occupée par la mort possible de Mehdi, je craignais que les gars donnent en pure perte mais ils ne s'en doutaient pas, alors que moi j'avais déjà compris où on allait. Qu'ils donnent pour rien me rendait fou, je n'arrivais pas à m'arranger avec cette violence-là, cette indécence qui m'empêchait de pouvoir dire merci. La seule façon de les remercier serait que Mehdi reste vivant, pour être à la hauteur de leur action, il faudrait que Mehdi lui-même voie et comprenne de quoi ont été capables les gars, mais Mehdi n'en saura jamais rien, de la beauté du cadeau des collègues, et de l'affection qu'ils portaient à son père. Il n'aura pas le temps d'être fier de moi.

Nous parlions avec ma femme et dehors la pluie tombait. Nous parlions mais nous étions loin, je crois plutôt que je me parlais à moi-même, je n'avais jamais de réponse de sa part, seulement quelques hochements de tête quand je regardais vers elle, enfoncée dans le canapé, enveloppée d'une chemise de nuit épaisse. Elle se levait parfois pour évaluer la densité de la pluie, elle avait l'air anxieuse, le flot tambourinait sur le toit et détrempait la terre où avaient fini par pousser des brins de pelouse encore tendres. Elle restait debout devant la vitre et son reflet l'empêchait de voir dehors, elle se frottait les bras et prononça une seule phrase : Il faudrait mettre le chauffage en route. Je ne savais si mes paroles arrivaient jusqu'à elle, si elle comprenait ce que je voulais lui dire, je la sentais dépassée par cette histoire d'imprimerie, et le fait que je parle de mon retour après l'écoulement des jours impartis, que je m'inquiète parce que je ne saurais comment reprendre ma place, comment continuer de travailler alors que j'avais une dette envers les copains, tout cela semblait ne pas la concerner. Je crois qu'elle ressassait sa propre histoire, elle ne pouvait accepter que je reçoive un tel cadeau alors qu'elle vivait avec sa boîte quelque chose de décourageant. Elle avait fini par me dire que j'avais tort de me plaindre, que j'étais trop difficile, que je ferais bien d'aller travailler un peu avec sa chef pour voir la différence. Je m'étais senti minable et incompris, je ne me plaignais pas, j'essayais juste de démêler tout ça. Après, il avait plu toute la nuit et je n'avais pas dormi, j'avais continué de ressasser et à force de penser à mon retour prochain, je me disais que je ne serais plus jamais le même homme, que j'allais passer le reste de ma vie à me sentir redevable, je ne pourrais plus faire aucune grève, plus rien négocier, je ne pourrais plus me battre, je n'aurais pas d'autre choix. Et cet avenir-là, il ne me plaisait pas.

C'est arrivé après cinq jours de pluie, comme une catastrophe annoncée, et c'est cela qui m'a le plus troublé. Nous savions que la rivière montait, nous savions qu'elle risquait de sortir de son lit mais comme ça ne s'était pas produit depuis plus de vingt ans, d'après ce que m'avait dit la dame de la ferme, nous avons continué de vivre. La radio n'annonçait rien, ni même le journal local, le maire avait mis en garde les populations qui, comme nous, vivaient près des berges, mais sans nous alarmer vraiment. C'est arrivé au petit matin, alors que nous dormions, il était un peu plus de cinq heures et c'est un bruit jamais entendu, tonnant et puissant, qui nous a réveillés. J'ai d'abord pensé à l'orage, un gros orage d'automne qui remue tout le ciel et fait trembler les maisons, j'ai perçu comme un déferlement et j'ai eu tout à coup la sensation d'être au bord de la mer, un bruit de ressac peut-être, et de galets qui roulent sans fin. J'ai allumé et j'ai vu l'eau par terre, en nappe uniforme, quelques centimètres seulement, pas de quoi paniquer. J'ai mis un pantalon que j'ai retroussé puis j'ai marché pieds nus sur la dalle, pendant que ma femme demeurait figée sur le lit sans savoir quoi faire. Je n'ai pas voulu réveiller les enfants, pas encore, mais déjà Lisa sortait dans le couloir et s'accrochait à moi. Nous nous sommes tenu la main, puis serrés l'un contre l'autre, levant les pieds pour échapper à l'eau froide, et j'ai ouvert la porte de la maison, ignorant ce qui nous attendait. Le spectacle était là, stupéfiant, et je me suis mis à trembler, ne sachant plus si je devais avancer ou reculer, n'ayant pas même l'idée d'enfiler des bottes. J'ai fait un pas pieds nus et j'ai vite refermé la porte derrière moi. La rivière était sortie de son lit sur toute la longueur du terrain et le courant marquait deux lourds tourbillons qui avaient encerclé le mur et fini par le faire tomber. Sur le coup, je n'ai pas compris, j'ai seulement deviné tous les moellons à terre, en partie submergés, et la puissance de la rivière qui déferlait en cascade, mais comme en un reflux contraire au courant. La lumière qui éclairait le lotissement de l'autre côté était trop faible pour que la scène m'apparaisse dans le détail. Je suis resté debout sous la pluie qui continuait de tomber faiblement, et j'ai pensé qu'il n'y avait rien à faire, seulement prendre quelques objets avec nous et partir. J'ai vu le mur par terre, comme une digue rompue, et j'ai senti mes épaules s'effondrer. Ma femme était auprès de Mehdi quand je suis entré dans sa chambre, il était accroupi dans son lit et se désolait pour le lino que j'avais posé et qui serait foutu. En prenant Mehdi dans mes bras, je pensais que nous n'avions pas même appelé les pompiers, mais déjà la lumière du gyrophare attestait de leur arrivée. J'avançais dans le couloir en portant Mehdi, je faisais attention à chacun de mes pas, et plus j'avançais plus je sentais la peur me gagner, et ce qui me saisissait, ce qui me paralysait, ce n'était pas le mur qui venait de tomber, ni l'eau qui montait doucement dans la maison, ce qui me rendait fou c'était que je mesurais à quel point Mehdi était léger, je n'avais pas évalué, je m'étais peut-être masqué la vérité pendant tout ce temps, mais là, portant Mehdi accroché à mon cou, je découvrais qu'il ne pesait rien, plus rien, et je comprenais ce qui nous attendait. Je marchais dans le couloir qui n'en finissait pas, ce couloir qui ne finira jamais.

* * *

170 jours de repos,

c'est ce que les salariés des établissements B. ont offert anonymement à un collègue, père d'un petit garçon gravement malade.

Cette solidarité d'un genre nouveau a ainsi permis au père de rester plusieurs mois près de son fils et de l'accompagner dans la longue traversée de la maladie.

Journal télévisé, 30 mars 2010

Pour l'éditeur, le principe est d'utiliser des papiers composés de fibres naturelles, renouvelables, recyclables et fabriquées à partir de bois issus de forêts qui adoptent un système d'aménagement durable.

En outre, l'éditeur attend de ses fournisseurs de papier qu'ils s'inscrivent dans une démarche de certification environnementale reconnue.

Ce volume a été composé
par IGS-CP à L'Isle-d'Espagnac (Charente)
et achevé d'imprimer en juin 2011
sur Roto-Page
par l'Imprimerie Floch
à Mayenne
pour le compte des Éditions Stock
31, rue de Fleurus, 75006 Paris

Imprimé en France

Dépôt légal : août 2011
N° d'édition : 01 – N° d'impression : 79834
54-51-7065/3